LOUISE, FANNY, SOPHIE,
ET TOI...

Jean ETIENNE

MONOLOGUES FÉMININS

AMANDINE

Le séminaire commençait déjà à être long, un peu trop long. Cette journée paraissait interminable. Les intervenants abscons étaient à côté de la plaque et de nos réalités professionnelles. Ils ressemblaient à tant d'autres. L'organisation, elle, était parfaite. L'eau fraîche, le café, le thé, les biscuits animaient les pauses. Ce sont ces moments qui font vraiment la cohésion des équipes. Plus que les jeux de rôles à la noix qui nous étaient proposés par le *community manager.*

Deuxième jour sur trois puis retour à la maison pour le week-end, et au boulot. Fin de la pause du matin, on rentre dans la salle, juste un petit manque d'attention et une des portes battantes, se referme sur moi. Je mets la main, je m'écarte et bouscule involontairement un collègue. On se sourit, on s'excuse, on se gêne, derrière ça pousse, on avance et nous reprenons tous notre siège.

Où est-il ? Qui est-il, ce bousculeur, ce bousculé ? Pour moi tous les hommes sont un peu invisibles, gage d'une certaine tranquillité, plus encore entre collègues. De ma place, je fais le tour de la salle. J'essaie d'être discrète, on est là pour travailler. Nous ne sommes pas si nombreux que ça, le tour est vite fait. Je le vois. Nos regards se croisent. Nous nous sourions une nouvelle fois. Puis, comme un jeu anodin, nos regards oscillent entre les animateurs, le tableau, les autres et nous. De fait, notre attention a quitté momentanément la formation.

Midi, nous laissons nos affaires dans la salle. Ensemble, comme une équipe soudée, nous allons déjeuner, cohésion oblige, il faut la jouer *corporate*. Nous avons (lui ou moi je ne sais pas) fait bien attention de nous retrouver de concert dans la porte, suite du jeu de touché d'épaule. Le repas se passe à parler boutique, objectifs, statistiques, boulot. Il est assis derrière moi, par deux fois sa chaise a légèrement heurté la mienne. Une méthode pour s'approcher et murmurer des excuses. Petite pause digestive avant la reprise. Le café serré est une nécessité absolue avec ce qui nous attend. J'espère que l'intervenant sera performant et qu'il saura nous éviter les micro-sommeils intempestifs. Le bousculeur-bousculé a dû voir mes bâillements, il m'offre une deuxième tasse, sans sucre, merci, sourire.

Le groupe est un peu plus dispersé qu'à l'aller, les ventres plus rebondis, les cravates plus défaites. Il est un des rares minces dans ce lot bedonnant. Nos pas sont presque réglés. Lentement, la porte s'approche. Épaule contre épaule nous tentons de rentrer. De justesse, il se glisse derrière moi pour me céder le passage, « après vous, je vous en prie. » Voix douce, il a prononcé plus de deux mots, il n'est pas de ces gens qui monopolisent l'attention.

La digestion est laborieuse. Le jeu continue avec un plus qui me fait sourire. Tout le monde, semble-t-il, est absorbé par le sujet abordé, sauf nous. Il en profite pour imiter les pauses des participants, leur gestuelle, leurs mimiques. C'est discret, c'est fin, c'est drôle. Pause libératrice. Cette porte est définitivement un lieu de rencontre de moins en moins fortuite. Vite, les toilettes. Mince, séchoir en panne, je sors les mains trempées. Il devait le savoir, il me tend une serviette en papier salvatrice. Nous échangeons quelques mots, ceux-ci nous donnent rendez-vous à l'entrée de la salle mais surtout nous invitent à en dire d'autres à la fin de cette journée. Ses mots demandent d'accord ? Les miens répondent avec plaisir.

Les repas du soir sont pris par petits groupes d'affinités, petite liberté. Ce n'est pas dit mais notre rendez-vous doit rester secret-discret. Au sein d'une institution ou une entreprise, les ragots vont bon train, nous n'avons pas envie de faire partie des wagons. Mon dîner est vite expédié, je mange léger le soir. Retour à la chambre, je croise deux, trois séminaristes. Bonsoir ou bonne nuit de circonstances. Je me prépare pour une rencontre nocturne. Il y a bien longtemps que cela ne m'était pas arrivé. Le radiateur de la salle de bain est en route. Quelques habits un peu plus élégants sont posés sur le lit. J'ai envie de passer une bonne soirée, je dois au moins soigner mon aspect, à défaut de cacher les apparences. Il m'a déjà vue, on se connaît professionnellement mais ce soir j'aimerais plaire un peu plus. Sur le couvre-lit ne se trouve pas exactement ce qu'il me faut mais, par précaution, une femme a toujours une valise plus grosse que celle d'un homme, donc, cela devrait aller. Robe rouge, manteau, chapeau, une trilogie qui peut faire son effet, j'espère. Eau tiède, savon, rinçage, essuyage. La buée recouvre le miroir, la serviette l'efface. Maquillage, je veux me voir sourire. Mon corps peut être aimé, j'essaie de le mettre en valeur. Je passe mes vêtements, rectifie le teint et finis par un soupçon de parfum. Je suis parfaite.

Le rendez-vous est prévu dans un bar non loin de l'hôtel. Un peu de marche, même en escarpin, me détendra. J'arrive la première, je n'aime pas être en retard. Peu de monde se trouve là, le barman et une personne à une table, on dirait qu'il va fermer. La lumière est crue. Je me dirige vers le comptoir et m'installe au bout. En me tournant discrètement je peux guetter son arrivée. J'ai hâte. Je regrette mon défaut de *timing* qui maintenant me fait trépigner d'impatience. Je fais tout pour ne pas le montrer. Le barman, tout en essuyant un verre, s'approche. Que vais-je prendre ? Une bière ? J'aurais trop besoin d'uriner. Un whisky ? Trop alcoolisé, je tiens à rester sereine même si mon fond veut le contraire. Ce sera un "Martini s'il vous plaît". À peine ai-je le verre à la main que je sens mon épaule doucement heurtée, quelques gouttes ont failli tacher ma robe. Je me tourne presque en colère pour invectiver ce malotru, mais je reste muette, c'est lui !

Mon impatience se change immédiatement en légère excitation. On s'est vus toute la journée mais le cadre est différent. On doit se saluer, on se serre la main comme des collègues de travail ? on se fait la bise ? À son initiative ce sera un frôlement de joue, une seule. Je sens qu'il s'est rasé. Quand il recule pour prendre un siège je vois qu'il s'est apprêté, chemise propre, costume, veste, chapeau. *Old school,* beau. Je souris, nous sommes plutôt raccord, de bon augure, je pense. Nous restons au bar, le serveur après avoir posé un verre de whisky sec, sans glace, s'éloigne et s'active à l'autre bout du

11

comptoir. Nous pouvons nous livrer, nous raconter. Galant, il me laisse parler. Le tour de ma vie passée est rapidement fait et l'actuelle, de nouveau célibataire, avec le retour chez mes parents est plus rapide encore. Je sens qu'il a envie-besoin de parler, de dire sa femme (je savais déjà qu'il était marié) merveilleuse, ses enfants merveilleux, le foyer merveilleux aussi. Les anecdotes familiales sont drôles. On y sent la bienveillance, l'amour. La partie de colin-maillard dans le jardin du pavillon de banlieue (pas de soucis la piscine est clôturée) que de fous rires. Le Cluedo sur la table basse du salon, le feu qui crépite dans la cheminée. Le gâteau fumant du dimanche après-midi fait à quatre, six, ou huit mains. Sans oublier les offices chantant de quelques dimanche matin chacun revêtu des habits de circonstance. C'est charmant.

Mais le sourire du début du récit fait peu à peu place à un visage neutre, comme une lecture sans ton, automatique, mécanique, sans lien avec l'histoire. La stature droite, fière, face à moi se courbe, un coude se pose sur le bar. Garçon, la même chose. Deuxième verre. Il en profite, chez lui il n'y en a pas, sa femme le lui interdit. Il sait que c'est pour son bien, ligue de tempérance oblige, ça lui va. « Et puis un seul salaire même de cadre pour une famille qui veut bien paraître, c'est court. La comptabilité doit être tenue sévèrement. Pas de jeu, pas d'extra, pas de folie. Donc des heures sup qui me font arriver bien après le retour de l'école des enfants. Grand bien me fait, je n'ai pas à écouter leurs jérémiades post cour de récréation. Il m'a tiré les cheveux, il m'a fait tomber, la maîtresse a rien dit et gnagnagna. Parce que les enfants il faut les écouter, les faire parler de leurs journées. Je leur raconte les miennes moi ? Et puis les devoirs, satanés devoirs. Heureusement, leur mère s'y colle. Il en faut de la patience. C'est sa croix mais elle a l'air d'aimer ça, du moins c'est ce qu'elle dit. Bien qu'elle pense et qu'elle dise que je devrais être plus présent à cette tâche, il est vrai que je l'évite consciencieusement. »

Les deux coudes sur le bar, il ne me regarde plus, il ne me voit plus. Il suit la coulée de liquide dans son verre, le troisième. La voix et l'intonation ont changé. Il est toujours bel homme mais son intérieur ne correspond pas. Je le questionne, non que je veuille aller au fond de lui mais qu'en est-il vraiment ? Il est désolé, c'est la première fois qu'il se conduit comme ça. Tout en éclusant son alcool, il reprend. « On s'est marié juste après le lycée. Comme deux cons immatures. Elle arrête sa première année d'université pour s'occuper de notre

13

premier enfant. Un rapport sexuel, un enfant, plus quelques autres pendant la grossesse parce que sans risque, mais pas pour l'enfant dans mon ventre tu comprends, qu'elle disait. À peine un autre pour l'autre gamin et c'est tout ! Elle a le physique, l'enveloppe d'une femme mais c'est une sainte, pas une épouse et je sacrifie ma bite sur son autel ! »

Dernière gorgée. Le quatrième verre est avalé d'un trait debout face au comptoir. Il n'est plus maître de lui-même. Son état ne lui permettra pas de regagner sa chambre d'hôtel. Il marmonne des mots décousus de sens pour les présents dans le bar. Moi j'entends sa peine, son désarroi, son impossibilité de se réaliser en tant qu'homme, physiquement et physiologiquement.

Je vais le soutenir pour rejoindre l'hôtel. Les rares regards que nous croisons manifestent une certaine désapprobation. C'était un bar classe, ici pas de poivrots. On peut être saoul mais discrètement et avec retenue. Ils jugent mais ne savent rien donc, qu'importe, du moment qu'ils se taisent. Tout comme le serveur que j'attire pour régler, air impassible, ça fait tant, il en a vu d'autres ici ou ailleurs. Je paye...

L'air extérieur et le soutien de mon épaule calment mon

compagnon. Il reprend un peu de lucidité. L'alcool n'a pas disparu mais quelques ressorts de son cerveau fonctionnent de nouveau et ont repris le dessus. La voix n'est pas encore très sûre mais le propos semble sincère. Il reprend de la prestance. J'avais aimé qu'il se dévoile et montre sa fragilité. J'apprécie encore plus ce moment de vérité. « Je suis désolé, je me suis conduit en abruti, un gros lourdaud. Comme charmeur, on fait mieux. Quel homme fort, viril et sûr de lui je fais ! Tu dois me mépriser maintenant… Je peux te demander une chose ? Que cela reste entre nous. C'est peut-être ou sûrement idiot mais l'image de respectabilité que l'on donne est importante dans notre entreprise. Toi-même tu as cette image et nos supérieurs aiment ça… On est arrivés. Le gardien n'est pas à son poste et les autres stagiaires sont sagement dans leur lit… J'aimerais te raccompagner à ta chambre. »

J'avais peur qu'il ne le propose pas. Dans l'ascenseur, nos corps ne sont plus côte à côte. Je ne le soutiens plus depuis un moment. Sa main est posée au creux de mon épaule et de mon cou, son pouce caresse légèrement ma nuque, son bras dans mon dos, un pied entre les miens, sa stature prend un peu plus possession de moi. L'étage arrive. On se décolle pour rejoindre ma chambre. Face à la porte, je cherche la clef, un peu nerveuse. Il se place derrière moi. Sa main a quitté ma nuque, la voilà sur ma taille. Le temps d'ouvrir, sa deuxième main a dégagé le manteau et se retrouve à la ceinture de ma robe. Il m'attire vers lui. Clef dans la serrure, je la tourne, un tout juste perceptible balancement de mon corps, mon dos frôle sa poitrine et mes fesses caressent son pantalon.

Dommage seulement deux tours. Il est des moments où l'on regrette que les serruriers ne sachent compter que jusqu'à deux. J'aurais aimé insister sur trois, quatre, dix tours. Ouverture de la porte, quelques pas dans le couloir qui nous délivrent de nos manteaux, salle de bain à droite, placard à gauche, la chambre au fond, j'avais laissé une veilleuse. Une petite lumière propice à l'amour. On est face à face, comme une indiscrétion, on s'occupe mutuellement de nos vêtements. Sans se presser, les boutons se défont. Il reste des effluves de la douche et du parfum. On sent bon. Il n'y a pour le moment que nos habits qui ont caressé nos corps. La peau apparaît. De concert, le bout de nos doigts nous frôle. Il me soulève le menton pour diriger ses lèvres vers les miennes. Premier baiser. Il reste sensuel et discret. J'aime son goût suave et un peu cette lenteur. Je préférerais presque aller plus vite pour qu'il y ait d'autres fois après la découverte. Le peu de tissus restant ne cache plus grand-chose de nous. Il y a le visible et le caché encore pour le moment, nos lieux d'extase, nos sexes. Il se dégage de moi, écarte les draps du lit et m'y invite à le suivre. Je me glisse à son côté. Je suis un peu au faîte de mon excitation. Tout cela reste quand même très traditionnel, mais pourquoi pas ? Il éteint la lumière, enlève mes derniers obstacles. Mes seins reçoivent ses mains et sa bouche. C'est doux, c'est bon. Je le sens descendre explorer mon corps, rejoindre le bas. Il a une grande agilité à donner du plaisir. Mais ce n'est pas celui que j'attendais, il n'est pas suffisant, pas plein. Me connaissant, ses doigts et sa langue ne remplaceront pas son sexe. Je prends l'initiative, je le fais sortir des draps. Avec le peu de lumière traversant les volets clos, je distingue à peine son ombre. Il est silencieux mais je sens comme une sorte de réticence, un micro-recul, il ne s'est pas abandonné. À mon tour d'être sous les draps. Je baisse son caleçon et lui prodigue des soins buccaux identiques mais…

Mais autant je suis excitée, autant son érection est molle. Le stress, l'alcool, j'ai déjà vu des hommes qui pouvaient perdre leurs capacités et j'ai toujours su les faire revenir. Là, rien ! Pas de réaction malgré toutes mes caresses ! Il est impuissant ! Il ne bandera pas !

Je soulève les draps, cherche l'interrupteur. Le cru de la situation explose. Je suis nue, à genoux sur le lit. Il est resté allongé, la tête ostensiblement tournée vers la fenêtre, son sexe pendant dépasse à peine du caleçon, intimité ridicule. Je le toise, tous mes besoins, toutes mes attentes, toutes mes envies ont disparu, hébétée, mutique du constat. Il ne me contredit pas c'est donc vrai. « Je suis désolé. » Il dit ça au mur, pas à moi, il n'a même pas bougé pour le dire. Il se lève, referme son caleçon, enfile rapidement son pantalon, sa chemise et ses chaussures, prend le reste sur son bras, me regarde enfin, « pardon ! » Il disparaît.

Entre la découverte de son impuissance et son départ je n'ai pas bougé, stupéfaite, extatique. Même le claquement de la porte ne m'a pas sortie de cet état, trop de choses dans mon esprit, trop de connexions simultanées. Au moins, faire un mouvement pour retrouver le fil et remettre de l'ordre dans les événements. D'abord quitter cette position. Je me redresse hors du lit. Ma nudité me gêne, comme une protection, d'un geste automatique mes mains cachent mon intimité. Je me dirige vers le placard, prends une chemise de nuit. Je me retourne vers la salle de bain. Le miroir au-dessus du lavabo me raccroche au réel. Oui, c'est bien moi qui suis là. Une pause, une respiration, de l'eau fraîche, deuxième respiration profonde, les questions et les réflexions commencent à s'ordonner dans ma tête. Je retourne dans la chambre. Je laisse en passant mes vêtements du soir par terre, témoin de l'inimaginable.

Parce que, ce n'est pas qu'il soit impuissant le problème, c'est une maladie, mais c'est toute la chanson, tout le numéro qu'il m'a servi connaissant son état. Si j'ai répondu et si je suis rentrée dans son jeu de séduction il en est l'instigateur. Je ne lui avais pas montré quelques dispositions à une rencontre ou une aventure, comme à toute autre personne d'ailleurs. Pourquoi alors ? J'étais un test ? Son discours sur sa femme, ses enfants, sa « bite », que vaut-il ? Ses enfants d'ailleurs, sont-ils les siens ? Je peux comprendre et accepter ce qui frappe toujours injustement les personnes, on ne peut trouver des responsabilités sinon l'imperfection manifeste de l'espèce humaine. Un mal le frappe, d'accord. Mais là, à part avoir une forme de perversion sévère, que cherchait-il ? Peut-on penser qu'une femme soit assez bête pour ne pas s'en apercevoir ou gober une excuse bidon ?

Mais toutes ces pensées et ces réflexions n'avaient finalement qu'une importance relative. Il y avait encore un jour de séminaire et il nous faudra, de retour dans l'entreprise, travailler ensemble. J'entrevoyais là le commencement possible de soucis potentiels. De fait non. Comme nous avions été particulièrement discrets, personne n'a rien su de nos activités nocturnes. Personne non plus n'a rien remarqué ce jour-là, à part quelques cernes sous mes yeux, mal dissimulées par le maquillage qui ont éveillé la curiosité ou la compassion de certains, rien de méchant. Lui est égal à lui-même, rien ne le distingue des jours précédents. J'en conçois un soulagement qui dégage mon esprit de ce questionnement encombrant.

Fin de stage, pot de départ, embrassade, re-cohésion de groupe, resserrer les liens, les troupes sont regonflées, le moral est au beau fixe pour le plus grand bonheur de l'entreprise qui compte bien toucher un retour sur investissement et à lundi pour appliquer toutes les recettes fraîchement apprises, les *process* innovants.

Reprise du travail, le bureau, les collaborateurs ; le séminaire s'éloigne. Les obligations de service font que lui et moi nous nous croisons quelquefois. Tout va bien. Mais au fil des jours, je vois que les hommes que je croise parlent de moi en me regardant. Quand je suis là, les conversations professionnelles ou amicales prennent des tournures triviales, des allusions intimes apparaissent. On m'évite ou on me siffle discrètement. Je deviens progressivement une pestiférée au restaurant d'entreprise. J'ai laissé faire pensant que ces ragots, comme nombre de rumeurs, s'éteindraient d'eux-mêmes. Bien au contraire, la loi du genre ne fut pas respectée. Hommes mariés ou célibataires arguant de ma réputation et en évoquant des détails de mon anatomie qu'ils ne devraient pas connaître me font des propositions indécentes. Je comprends tout. Ce pervers m'attaque, me salit gratuitement. Il ne peut pas éjaculer mais il déverse sur moi un flot de haine et de médisance. Il a peur de quoi ? Je n'ai parlé de rien à personne. Je cherche à le voir mais il est soit invisible, soit accompagné, impossible de discuter. La vie ici est devenue l'antichambre de l'enfer. Personne pour me soutenir, travailler devient très compliqué. Danger supplémentaire, la rumeur est obligatoirement déjà arrivée à la direction.

Puisque je ne peux pas le voir ici, j'irai chez lui. Je sais où il habite. Je suis passablement nerveuse. J'ai pris un jour de congé. Je sais que ce jour-là il est souvent en déplacement, j'imagine plutôt voir sa femme. En approchant de sa résidence l'inquiétude augmente, par moment mon corps est parcouru de tremblements. J'ai quelques hésitations, des doutes sur ma démarche, il est encore temps de faire demi-tour. Non, la voiture glisse doucement dans les rues, je guette le bon numéro, tout ici se ressemble un peu. C'est propre, silencieux, avec des maisons d'un certain volume et les taches bleues des piscines. Presque aucune voiture, tout le monde est au travail ou en cours, sauf trois garées dans une allée devant un garage fermé. Je les dépasse. Stop ! C'était là. Je me rapproche du trottoir en reculant, je descends et trotte décidée vers la maison. Je fais sonner le carillon. Pourquoi trois voitures ? Sa femme, sûrement. Lui ? Il doit normalement être en déplacement, mais l'autre ? Ils n'ont pas d'enfants en âge de conduire. Je suis sur mes gardes. La porte à la vitre opaque me permet de distinguer une ombre qui vient. Je l'entends glousser. Instinctivement, je me recule. L'ouverture laisse apparaître dans l'entrebâillement la tête d'une femme les cheveux ébouriffés, le corps restant caché par la porte. Je la suppose être sa femme, nous ne nous connaissons pas. Elle me questionne sur ma présence. Je ne réponds pas, trop étonnée de la situation. Une voix derrière vient aux nouvelles. La porte s'ouvre entièrement. La scène est maintenant complète. Elle tenant pour seuls habits une serviette sur ses seins, lui, oui lui ! En survêtement, une caméra à la main et un homme au loin qui déambule nu, le sexe proéminent.

Qu'espérais-je en venant ici, des réponses, des explications, une mise au point ? Je repars vidée, lessivée, dégoûtée en entendant ce rire furieux, sardonique qui m'accompagne à la voiture. Demain, je démissionne.

Les hommes sont trop cons et trop de femmes sont complices.

FRANÇOISE

Vous voulez savoir quoi ? Si j'ai eu mal ? Oui, énormément

Maintenant, ça va mieux. Ce n'est plus la même douleur, une intensité différente aussi. Je supporte, presque.

J'ai aimé. C'est la cause de ce mal. Je n'aime plus ? L'expression de l'amour est différente, son objet aussi peut-être, qui fait que la souffrance est encore présente. Même si sa manifestation change avec le temps et les circonstances. Ce sentiment existe toujours, on vit, on agit, on réagit, on n'interagit pas ou peu ou pas réellement, on « quotidienne ». J'aime ce néologisme. Il signifie que la vie se répète chaque jour, les tâches s'enchaînent, immuables.

Des projets ? Bien sûr mais ceux-ci n'affectent plus mon présent. On en avait discuté. Le pour était évident, matériel, raisonnable, engageant. Une famille a besoin d'un toit. Pas que nous n'en ayons pas, il n'était simplement pas à nous. Et si cette situation pouvait être satisfaisante, à terme, à long terme, elle ne me plaisait pas. Les moyens et le courage étaient là mais…

Ce mal est profond autant par sa dimension que par sa localisation, il est dedans, dans son ressenti, il est tout intérieur, invisible au commun. Il est une répercussion. Il est en nous, c'est pour nous, comme un héritage qu'on ne peut refuser. On le provoque ce mal mais c'est involontaire. On ne le voudrait pas, on s'en passerait volontiers. Mais il est là avec cette douleur qui l'accompagne, fidèle. Un événement même prévu, attendu, peut-être un déclencheur. Il est le point terminal d'une accumulation. Le terrain a été préparé, labour, semailles, engrais, pousse, récolte. Tout est là, le champ a été traité mais le ver, la moisissure attaque. Le chamboulement se confirme d'une intensité qu'on n'imagine pas.

Malgré ça, malgré tout, il y a un présent. Vous le voyez, je suis là. Ce que je fais ? Assise dans ce fauteuil je vois tout. Mon monde a deux dimensions : ici et ailleurs. J'ai circonscrit ces dimensions, je pense à ma douleur, je ne veux pas la réveiller. Ici, c'est chez moi pas plus. Ailleurs, c'est le monde de la fenêtre. J'en ai trois qui proposent des observations sensiblement différentes. Je me lève un peu pour aller voir les deux autres quand j'ai besoin de suivre ces micro-morceaux d'histoire. Sinon mon siège est bien suffisant. Non, je ne connais pas les gens que je vois. D'ici, je ne sais pas qui entre et qui sort, j'ai peu de bruit de couloir.

Il suffit quelquefois que mon attention m'échappe. Je regarde et ne vois pas, ma vision n'est plus nette. Vous avez déjà fixé une image et réglé votre vue derrière, vous maîtrisez le focus, moi c'est pareil mais je ne gère plus et mon cerveau travaille au passé. Là, je sens la mâchoire qui se crispe, entrebâillant la bouche. Les mains agrippent les accoudoirs, les muscles se tendent, se contractent et me soulèvent d'un rien, la pression de l'assise diminue. J'ai découvert que nous avions des muscles à l'intérieur du corps car là aussi tout se serre. Je ne sais pas ce qui me fait revenir, peut-être le souvenir de ce mal que je ne veux plus ressentir ? Après la crise, j'ai besoin de monde, de personnes, de vie.

Mais je suis maintenant une inadaptée et ce monde que je côtoie est aussi déglingué que moi. Il semblerait qu'on s'attire comme les confettis sur une règle en plastique. Avec eux, je nous sens aussi insignifiants que ces bouts de papier ridicules. Qui puis-je voir dans ces moments-là ? Les gens ordinaires, normaux, sont chez eux, au travail ou en famille.

Savent-ils que nous existons ? Mon monde est réduit à cette compagnie. Ils et elles sont là. On parle, on ne discute pas, on pérore, on assène des vérités, on n'échange pas. Je ne sais pas si on s'écoute, je n'en ai pas l'impression. On sait que nous n'avons pas d'avenir et pas en commun. Qui voudrait de nous et de nos cabosses ? Mais toujours en tête ce leurre qui ne berne personne, moi encore moins. À un moment, les vérités débitées au kilomètre sont épuisées. Le comptoir se vide. Un mélange de tristesse, de flou, il manque des morceaux. Le chemin du retour est mécanique. Au moins suis-je en vie. Elle fait peine cette vie. En rentrant, je regarde les gens. Je ne suis pas loin de mon fauteuil, c'est court, j'ai tout à portée de main et de pieds. Les passants, les quidams, je ne les dévisage pas, comme dans mon siège. Pourtant ils sont proches, on se frôle. Mais j'observe, je fouille, j'analyse. Si ma vie n'est pas grand-chose, quelle est la leur ? Croiser quelqu'un c'est rapide. Je prends des indices, les plus frappants. Vêtements, chaussures, sac, cabas, corpulence, cheveux, allure, posture, odeurs, effluves. Je me fais un film, un documentaire plutôt, qui peut sentir la misère, la richesse, la pauvreté, l'abondance, la bêtise et la laideur. Ces maux qui frappent tous et n'importe qui, comme ceux que la vie m'a assénée à presque m'abattre.

Je monte les escaliers après avoir ouvert la boîte à lettres je la vide de ses papiers indigestes. Les marches sont propres, elles ont été balayées, la cage a été repeinte, restent quelques senteurs synthétiques. Certains locataires ont déjà personnalisé leur porte, leur entrée. Comme partout ailleurs les décorations sont identiques, un rien seulement les différencie. Mais elle vaut avertissement, on comprend, c'est dit, on sait chez qui on arrive, quel style. J'ouvre ma porte.

Le mouvement pour arriver là a atténué ma tristesse. J'ai vu, j'ai pensé à autre chose. Il ne faut pas que je laisse mon cardigan n'importe où, je dois le mettre à sa place comme les clefs. Il le faut, c'est une nécessité. Mais c'est dur. Je ne m'explique pas pourquoi sont si difficiles ces gestes pourtant si simples. Ils ne peuvent pas être automatiques. J'entre, je ferme la porte, je suspends mon vêtement au crochet, je mets les clefs dans la coupelle. Quatre mouvements qui me demandent de la concentration. Je dois les faire, c'est un véritable effort. Je ne sais pas encore dire si maintenant c'est plus facile, je ne suis pas ici depuis assez longtemps. Toutes les tâches et les taches sont aussi consommatrices d'énergie, toute la propreté, tout le rangement. Oui, c'est propre et rangé mais avant chaque action pour cela il y a un travail sur moi comme une attente. Tout est faisable de suite mais je n'ai pas cette immédiateté. Je n'y arrive pas et ça me fait mal. Je lutte. Pourtant, en d'autres temps, je l'ai fait sans difficulté, sans réfléchir.

Peut-être est-ce ça le bonheur, vivre tout simplement, n'avoir de perspectives que diffuses. L'au-delà de maintenant n'est pas formulé. Le futur est réduit à être là ensemble, sans construction, sans hypothèque ; on ne songe pas, on n'est que porté par la nécessité. Manger, boire, dormir, tout ça sous un toit. Puis les enfants, leur vie, l'école, les vacances. Cette nécessité n'est pas formulée non plus parce qu'évidente et tant qu'on reste dans cette évidence, tout roule. Les courses, les repas, la logistique, les amis, la famille, tout repose sur cet équilibre non-dit. Mais quoi ? Sans vouloir, absolument, chercher un sens, sans que ce soit une quête, mais quoi ? Ce n'était pas un quotidien désagréable, il était sans question, presque dilettante, mais expression d'une certaine vacuité. Nous sommes le centre de notre monde, tout gravite autour de nous.

Il y a une fierté à être aussi imbu de soi-même, le crétin c'est l'autre. Et un jour dans ce marasme, cette indigence intellectuelle, je propose un truc inouï, impensable : arrêter de vivre à crédit et s'endetter pour une bonne cause, d'accord ?

D'accord ! Objectifs, plan, trois ans pour tout solder, nouvelle vie. J'ai pensé, en fait j'en suis sûre, que la ruine de notre couple a démarré là. Pas de mon fait, il semble que mon partenaire, mon conjoint n'ait pas été capable de supporter ou de s'investir dans l'idée. Les raisons profondes et réelles restent encore un mystère, je n'ai pas trouvé d'explications, encore moins rationnelles. La douleur vient aussi de là, de ce moment-là. Déliquescence unilatérale de la vie de couple jusqu'à ce jour où le mal a été le plus fort. Le jeu était perdu et moi avec. Trompée, je l'étais dans toutes les acceptions du terme.

Je ne raconterai pas les circonstances et les détails, ils n'ont pas grand intérêt. Je suis partie, je voulais mourir. Un seul remède, disparaître. Pouvait-il y en avoir d'autres ? Je sais je suis là maintenant, j'ai failli, je n'ai pas été assez forte. C'est difficile de mourir même si on le désire. Il y a une différence entre mourir et disparaître. L'un implique l'autre mais l'inverse pas forcément. C'est ce que je fais ici. Je sais bien que ceux de ma vie d'avant pour qui je comptais un tant soit peu ont toujours su où je me trouvais après « l'épisode ». Nombre d'entre eux m'ont oubliée aujourd'hui sauf ceux qu'on appelle la famille. À part un lieu, ils ne savent rien, j'ai disparu. Si

31

j'existe toujours, je ne vis pas encore. Je fais vivre des gens, ceux qui me permettent d'exister mais personne n'est dans ma vie. Je ne veux personne. Je n'ai besoin de personne. Que j'ai quelque chose à apporter ? Une fonction d'utilité ? La proposition ne m'effleure même pas. Si, je justifie le travail et le salaire des gens qui gravitent autour de mon cas. Je préfère la compagnie intermittente des poivrots et des piliers de bar. Mon état n'attirerait que les compassionnels-compulsifs, les tarés de l'empathie, les « moi je vais te sauver par mes prières », pas une personne ordinaire. Normale. Je ne le suis plus, ordinaire. Comment peut-on l'être avec ce que je vis, handicapée du ressentir au romantisme cruellement ultra-exacerbé ? Hyper/ultrasensible ? Je ne suis plus qu'une statistique à la marge depuis que j'ai disparu.

Si je veux garder cette douleur, continuer de vivre ainsi ? Je n'ai pas de réponse. Certaines phrases, certaines expressions n'ont plus de valeur pour moi : plus tard, après je ferai ceci, demain… Mon existence n'a pas d'échéance. Elle est réglée sur un quotidien, une semaine, plusieurs, ce n'est pas un futur. Je ne décide pas, je ne sais pas ce qui induira un changement. De ma vieillesse aux politiques publiques, le champ est large. Je suis la preuve qu'on peut vivre sans espoir, sans vision, parce qu'on ne sait pas. On me demande lors de séances d'imaginer. Je suis capable de dire, de parler d'avenir mais ces paroles n'ont pas de valeurs, elles n'engagent pas, elles sont une rhétorique de sophiste.

Je n'ai parlé que de moi jusqu'à présent, de mon histoire, de ce que je ressens. C'est ce que vous vouliez, je crois ? Vous aurez compris que je ne vous demanderai rien sur vous, ni le pourquoi, ni le comment de vous. Vous avez remarqué aussi que je ne parle jamais du présent ? Si le passé engage l'avenir, le présent, lui, conditionne le futur et ça, je ne saurais le faire. Je voudrais reprendre mon train, exister dans mon présent. Je ne veux pas risquer une autre crise.

Je vous en prie, cessons ici cet entretien et votre enquête. Laissez-moi à mes douleurs.

JULIE

je ne sais pas trop comment qualifier ma vie à ce moment-là. Les mots qui me viennent sont : ordinaire, morne, insipide, vide, solitaire plus tous leurs synonymes. Je reprends le terme « ordinaire » pour qualifier mon enfance et mon adolescence. Je n'ai pas été harcelée à l'école ni ailleurs, simplement ignorée. Il n'y a rien à dire de particulier sur ces périodes. Elles ont été simples avec des parents simples, des frères et sœurs tout aussi simples que l'était notre vie, faite de matin, de soir, de fin de semaine à la campagne et de vacances ailleurs. Cette simplicité m'a fait choisir un métier qui ne l'est pas : l'enseignement primaire. Pas le secondaire, il ne me semblait pas adapté, bien trop difficile avec ces élèves qui vivent ce maudit passage à l'adolescence. Il m'aurait, au moins pour un temps, éloigné de mes habitudes et de mes certitudes. Je ne savais pas que celles-ci seraient la cause de l'insignifiance de ma vie d'adulte. Mais pas seulement.

Je pense que j'avais peur. De mon physique d'abord. Je suis moyenne et même moyenne basse. C'est du moins l'impression que j'en avais. À la première vue je n'attirais pas. Si on me voyais, on ne me remarquait pas, ou bien on détournait le regard. Je n'en ai eu que très peu d'insistant, ceux évoquant le désir. Je précise : de la part de gens ordinaires eux aussi. Pratiquement jamais personne n'est venue vers moi. À part pour me demander un service ou un renseignement. C'est la raison pour laquelle j'ai dû provoquer mes premières expériences pour réaliser mes premières émotions et les suivantes. Je ne faisais pas du « rentre-dedans », mais mes besoins de pratique et mes envies devaient être satisfaits. Je faisais donc comprendre au partenaire éventuel qu'il était susceptible de me plaire et ainsi nous pouvions lui et moi être ensemble au moins pour un temps. N'allez pas croire que j'étais une croqueuse d'hommes, loin de là. Mes « partenaires » étaient certainement aussi fade que moi, certainement trop contents qu'on leur montre de l'attention, d'où leur intérêt relatif pour mon corps. Ils se comptent sur les doigts d'une main. Les relations étaient courtes. Les séparations devenaient vite une évidence, n'éprouvant, ni l'un ni l'autre, aucune forme d'attache qui eût pu apparaître avec le temps. Cela à mettre sur la faute de qui ? De lui, de moi ? Non, de personne. Il était évident que chaque relation n'entraînait aucun sentiment. J'y mettais un

36

frein, une impossibilité.

Mais ça, c'était dans ma jeunesse, avant la vie adulte, avant la vie professionnelle. Dans laquelle les rencontres étaient encore plus difficiles, le milieu étant féminisé à près de quatre vingt pour cent. Durant mes deux ans d'École Normale, il y eût quelques flirts sans lendemain. Ils étaient tous une mauvaise décision. Mon effacement de la vie sentimentale devenait de plus en plus important. Je vivais sans vivre.

Mon métier me prenait du temps. Que pouvais-je faire d'autre sinon m'investir dans ma mission, une sorte de sacerdoce. Je le prenais à cœur, il avait une place prépondérante. Tous les soirs j'avais ma cohorte de cahiers à corriger, mes leçons à préparer et mon cahier journal à compléter, à modifier ou prévoir. Tout était fait dans les règles comme on me l'avait appris. Il n'y avait guère de place à l'improvisation. Les leçons étaient cadrées. Les fins de semaines étaient l'occasion de préparer la semaine suivante et de voir mes parents. Je regagnais mon appartement le dimanche soir pour attendre le lundi matin avec mes fiches et mes feuilles à photocopier prêtes. Et il en était ainsi tout le temps entre chaque vacances scolaires.

J'en avais pris l'habitude, mais elles étaient pour moi une antichambre de l'enfer. En effet, si j'avais un semblant de vie sociale avec mes collègues à l'école (il nous arrivait d'organiser des repas), le club de randonnée auquel j'étais inscrit, ne fonctionnait que les samedis et dimanches et ses membres étaient soit trop vieux, soit marié. Encore un mauvais choix abandonné au bout de deux ou trois ans. Les autres jours j'étais seule et j'avais épuisé les musées et les lieux de cultures de la région. D'autant que je n'étais pas apte à aller vers l'autre. Tout était inutile.

J'avais pourtant l'image d'une personne aimable et avenante. Je n'étais pas renfermée, j'avais le contact facile dans le cadre professionnel. Les nouveaux collègues qui débarquaient à l'école ou les remplaçants éventuels n'avaient pas à se plaindre de moi ou de mes attitudes. Au contraire, ils savaient pouvoir compter sur moi. Mais, hors de ce cadre, j'avais des blocages. Trop de blocages. Trop. Je me voyais terne pour l'éternité. Allais-je alléger un jour le fourbe fardeau de ces contraintes contrariantes ? (Oui, j'aime les allitérations improbables.)

D'où venaient-ils ces problèmes, quels étaient-ils, je ne

le savais pas. Je n'avais pas envie non plus de consulter. Je pensais ne pas en être encore là. Néanmoins je me suis fixé des dates et des échéances, comme une dernière chance. Je me suis donc inscrite en faculté pour passer une licence des sciences de l'éducation. Pas uniquement pour y trouver une occupation, j'y mettais un peu mon dernier espoir. J'imaginais que les amphis devaient être un lieu favorable aux rencontres. Il y avait trois sortes d'étudiants : des jeunes se préparant au différents concours d'enseignants (trop jeunes), des déjà-enseignants comme moi, sans diplôme universitaire et enfin des infirmières et infirmiers, eux avaient pour but de présenter l'école des cadres de leur profession (potentiellement abordables).

Las, il n'en fut rien. Je me rendais compte que si les lieux et les circonstances changeaient, moi, je ne changeais pas ! Si bien qu'au mois de mai, les groupes se retrouvant en amphi ou en TD étaient formés depuis longtemps et je ne faisais partie d'aucun.

Pour je ne sais plus quelle raison un TD devait exceptionnellement se tenir dans une annexe excentrée de la faculté. La salle est petite. Nous tenons à peine dedans. Je me retrouve sur une chaise, devant une table. La seule place restant libre est celle à côté de moi et, comme d'habitude, personne ne s'y met. Nous sommes tous là, je présume. Sauf qu'on toque à la porte. Un étudiant est en retard. Il entre en s'excusant et après un rapide balayage du regard dans la salle de classe, il vient s'asseoir sur la seule chaise disponible.

– Bonjour, moi c'est Baptiste et toi c'est comment ?

– Bonjour, moi c'est Julie.

– Enchanté !

On sent sa présence. Je l'avais déjà vu, (remarqué ?) dans d'autres cours. Il n'est pas spécialement bel homme mais il a un certain charme. Il est la seule personne qui m'ait autant parlé depuis mon inscription. C'est un peu un bavard, suffisamment discret pour ne pas gêner le professeur. Il l'écoute, il pose même des questions. On sent que l'heure de la fin du cour approche, il a donné ses conclusions mais notre intervenant à quelque chose à rajouter. Tout le monde est à l'écoute : « il me faut un travail en binôme sur un sujet de notre choix en rapport avec le cour d'aujourd'hui. » Léger brouhaha de surprise dans la salle. Certains s'approchent de lui pour des précisions qu'il donne volontiers. Les affaires commencent à se ranger. La salle se vide peu à peu. Mon voisin range aussi ses notes, papiers et stylos.

Dans ma tête je me dis : « Un binôme ? Non mais il n'est pas bien ! Ou vais-je trouver l'autre morceau ? » À peine ai-je le temps de me faire cette réflexion que j'entends une voix me dire : « ça te dit qu'on le fasse tous les deux ? » Baptiste mon voisin du jour me fait une proposition de travail que je m'empresse d'accepter, avec un semblant d'hésitation. Nous n'avons, ni l'un ni l'autre, le temps de discuter des modalités de la chose maintenant. Nous échangeons nos numéros de téléphones respectifs en promettant de nous appeler rapidement et calmement une fois à la maison (en 1995, les téléphones portables n'étaient pas encore très répandus).

Tout ceci est aussi soudain qu'inattendu. Je n'ai rien montré de mon étonnement et de l'espérance d'une joie potentielle. Me connaissant, j'ai toujours des doutes sur la réalisation de ce genre d'événements. Ceux-ci se dissipent le soir même par son appel, c'est lui qui appelle ! Je commence à souffler pour me calmer. Pour le moment nous ne conversons que pour le travail. Très peu de temps d'ailleurs. Rapidement il suggère une rencontre pour mettre au point un emploi du temps ainsi qu'une répartition des tâches. Rendez-vous est pris dans la petite ville portuaire sur la côte bleue où habitent mes parents, et pas trop loin de chez lui.

Je repose le combiné. Je vivais une situation pour le moins inédite. Je laissais mon imagination vagabonder. Elle m'emmenait vers des rivages que je m'empressais de chasser. Il était hors de question que je me raconte des histoires. Il n'y avait rien qu'une relation de travail entre deux étudiants adultes et consentants. Mais je ne pouvais m'empêcher d'avoir ces visions, elles me rendaient belle et désirable. J'essayais tout de même de me contrôler, je connaissais bien ces moments de déception après m'être enflammée. Je casais donc dans mon esprit un petit morceau de ce bien-être et de cet espoir pour qu'il ne soit pas trop dur à digérer dans le cas où rien ne se passerait. Je préférais malgré tout faire montre de prudence. Les jours de classe suivants sont passés comme sur un nuage. Bizarrement, j'étais beaucoup plus permissive avec mes élèves.

Ce samedi après-midi de milieu de printemps, il fait beau. On perçoit les effluves maritimes, elles montent délicatement avec les premières chaleurs. Le soleil est bien présent, il se reflète gentiment sur les micro vaguelettes du port, faisant un joli scintillement. Des promeneurs profitent de ses rayons en se posant sur la digue. J'ai mis ma veste sur le dossier de la chaise du bar qui m'accueille en attendant mon coéquipier de travail universitaire. J'ai quand même un peu l'impression que je ne vais pas avoir la tâche la plus facile dans cette affaire.

L'heure du rendez-vous approche. Je ressens une petite fébrilité. Au loin une voiture prend une place de stationnement. Elle attire mon regard. Deux enfants de même pas dix ans en descendent, un garçon et une fille, suivis de très près par leur père, je suppose. Sinon que feraient-ils avec lui ? Il leur prend la main puis se dirige vers les terrasses. Maintenant je n'ai plus de doute, c'est lui, c'est mon homme. Il a des enfants ? Mes rêves, encore diffus, se frottent à la réalité. Cela ne pourra être lui. Il a tout ce qu'il faut pour combler son existence. Je retourne dans mes travers négatifs. Il m'a vu, il me fait signe. Je lui réponds et je souris, contrit au fond de moi de mes pensées. Il me fait la bise, présente ses enfants s'assoit et les laisse aller voir les bateaux. Il s'est assis pour avoir un œil sur eux.

— C'est mon week-end de garde. Premier, troisième et, éventuellement, cinquième du mois plus la moitié des vacances scolaires. C'est peu. Alors je reste, le temps qui m'est imparti, le plus souvent avec eux.

— Donc, si je comprends bien tu es divorcé ?

— Oui, deux fois, ils ont deux mères différentes mais ils s'entendent comme frère et sœur, sans le demi. Et toi ?

— Je suis célibataire sans enfant...

La conversation continue sur des banalités quant à nos vies respectives, ce qu'on fait, ce qu'on aime. On se connaît maintenant un peu mieux. Je commence à apprécier sa personne et sa présence. Mes images et mes pensées deviennent réelles. Mais rien ne se passe de manière ordinaire. Mon cerveau idéalisait les rencontres avec ses allusions, ses regards, ses mimiques ou l'apparition d'une soudaine connivence, prélude à toute histoire.

Cependant, nous voyons bien que ce n'est pas ici que nous pourrons avancer dans notre travail. Ses enfants sont assez autonomes mais ils ont besoin de la présence de leur père et je ne veux pas être un obstacle. Nous convenons de nous voir chez moi le mercredi soir suivant. Nouvelle bise, au-revoir et à bientôt. Il ajoute juste, en souriant et en me pressant légèrement la main : « j'ai hâte de cette prochaine fois. »

J'espère ne pas me tromper et de bien comprendre la phrase.

On sonne à la porte, il est à l'heure, nous aurons tout le temps nécessaire pour travailler. On se fait la bise, nous sommes contents de nous retrouver. Il a dans les mains de quoi cuisiner pour notre repas. Ce n'était absolument pas prévu mais il voulait me faire plaisir. Mes sentiments et mon attrait font un bond en avant mais je ne sais rien de ses intentions. Je reste dans le flou. Tout en devisant sur le devoir à rendre, il s'active dans la cuisine. J'ai quelque mal à rester concentrée, je n'en laisse rien paraître. Nous avons bien progressé et le dîner est prêt. Tout est très bon.

La discussion s'engage vers des sujets plus intime. Il écoute avec attention. Il commente à peine, attentif à mes paroles. Il pose juste une ou deux questions. Je ne sais pas pourquoi je me dévoile de plus en plus. Je me sens bien, en confiance. Puis tout sort en un flot continu. Je me mets à nue parce que je comprends que je peux le faire, je ne serai pas jugée. Et je ne le suis pas. Je ressens comme un immense soulagement. Il ne faudrait pas grand chose pour voir un torrent de larmes. J'ai un moment de silence, il nous permet de digérer mon discours. Il commence à se faire tard. Il m'a laissée digérer en débarrassant la table. On n'entend que les bruits de la vaisselle déposée dans l'évier et ses va-et-vient du séjour à la cuisine.

Il avait bien remarqué, j'avais un appartement atypique quant à son ameublement. Je n'avais qu'une chambre avec un lit une place, un petit lit d'adulte, certes confortable mais petit, pas assez grand pour dormir à deux. Ceci pouvant paraître curieux pour une personne de mon âge même célibataire. Il était manifeste que la fête ou autres badineries n'étaient pas au programme de ma vie. Je ne m'autorisais pas, par impossibilités psychiques, d'inviter des hommes. L'aventure d'un soir n'était pas pour moi. Ni ici, ni ailleurs.

Dans le séjour, outre la table, il y avait un lit ancien, avec un matelas d'époque en laine. Il me servait de canapé grâce aux coussins, ceux-ci pouvant caler le corps en position favorable pour regarder la télé ou bien lire. La table est débarrassée et propre. Il va éteindre les lumières de la pièce ne laissant que la lueur d'une petite lampe. Il se place sur le lit-canapé et m'invite à le rejoindre. J'y vais. Je sais ce qu'il va se passer. Je le veux mais je ne veux pas l'imaginer. Je me laisse faire.

Nous sommes assis en tailleur l'un en face de l'autre. Il me demande l'autorisation de se rapprocher de moi. J'accepte. Je baisse la tête et ferme les yeux. Je suis prête à m'abandonner. D'un mouvement souple, il se retrouve derrière moi. Il est grand, sa bouche arrive au dessus de mon oreille. Il murmure des paroles rassurantes. Je me souviens d'une en particulier : « il ne t'arrivera rien que tu ne désires pas ». Cela ne fait qu'amplifier mon désir. Ses jambes soutiennent les miennes, ses bras enserrent mes bras, ses mains sont sur mes mains, elles-même sur mes genoux. Entre ses paroles il dépose de petits baisers dans mon cou. Maintenant il se tait. Il change alternativement de côté pour m'embrasser. Ses mains ont quitté mes mains mais pas mon corps. Elles glissent de mes jambes pour atteindre mon ventre. Une pause, courte. Il les remonte vers ma poitrine, exerce une légère pression. Il redescend pour passer sous mes vêtements. Cette fois mes seins sont caressés. Je frissonne. Il se détache un peu de moi. Un espace se forme entre nous, juste le temps de dégrafer mon soutien-gorge et de profiter de mon dos. Il reçoit cette douceur, cette attention. Ses mains reviennent sur mes seins, nus cette fois. Leurs réactions sont ma réaction, du pur bonheur. Depuis combien de temps n'ai-je connu cela ? Je ne veux pas le savoir ni le calculer, pas maintenant. Je veux vivre le moment.

Il est de plus en plus intense. Ses mains quittent mes seins pour trouver les boutons et la fermeture de mon pantalon. Ils ne résistent pas longtemps. Je l'aide en balançant mon bassin. Cette fois-ci, c'est direct. Ses doigts se glissent dans ma culotte, direction mon sexe. Il s'arrête juste au début, sur le clitoris pour lui imprimer tout doucement des mouvements circulaires. Mon excitation ne peut pas être feinte. Je le sens, j'entends ma respiration saccadée. Puis, nouvelle descente, un de ses doigts épouse désormais ma vulve entière. Mes sécrétions sont encore plus favorisées. Il ne peut que les sentir. Il en profite pour accélérer ses mouvements en rythme avec les miens. Il glisse vers mon intérieur. Le début de mon vagin l'accueille mais il ne peut aller plus profond, notre position ne le permet pas. Je prends une initiative, je pousse sa poitrine avec mon dos pour me retrouver sur lui, allongés. Sa main ne m'a pas quitté. Dans cette position, mon sexe est plus offert. Je sens deux doigts en moi. Je ne suis pas loin de la jouissance. Elle est là, elle arrive, elle est discrète. Enfin un autre que moi me la procure. Je crois bien qu'il l'a senti, il continue plus doucement puis quitte mon sexe.

Nous glissons l'un à côté de l'autre. Nous nous regardons en souriant. Il porte ses doigts à sa bouche puis à la mienne. Je lui saute dessus et le serre très fort dans mes bras. Je desserre mon étreinte, il avait l'air content que je sois satisfaite mais ce n'était pas fini. Nous nous sommes déshabillés. Nous sommes nus. De nouveau allongés nous nous embrassons. Cette fois, c'est ma main qui touche son sexe. Je sens qu'il a besoin de moi. Je m'offre à lui pour ma deuxième jouissance et sa première avec moi.

Il est tard, même si rien de spécial ne nous attend le lendemain. Nous échangeons encore quelques mots pour nous dire notre émotion. Nous dormons du sommeil du juste. Au réveil je propose et prépare un petit-déjeuner. Il doit partir pour je ne sais plus quelle raison, une obligation quelconque. Je passe le reste la journée à travailler les leçons pour ma classe et commencer la rédaction de notre devoir pour la fac. J'arrive, malgré les événements de la veille, à me concentrer. C'est difficile. Mon corps et mon esprit en redemande. Je me demande aussi si je ne suis pas « le coup d'un soir ». Je ne peux pas l'imaginer. Ses mots et ses actes ne le permettent pas. Du moins j'espère. Le soir je laisse un long message sur son répondeur pour lui dire mon ressenti de la veille et mon état le lendemain après son départ puis je l'invite à nous revoir. Ce qu'il accepta pour le samedi suivant, il n'avait pas ses enfants, il était donc libre.

Ce jour-là, nous avons fait tout ce qu'un nouveau couple fait en pareilles circonstances, il continue de se découvrir. Il était toujours avenant et prévenant, au petits soins avec moi. Il avait compris, parce que je m'en étais ouverte, que la vie n'avait pas était tendre avec moi. Et ce vécu avait placé comme une chape de plomb sur mon existence, elle n'était pas celle que je désirais mais je n'avais pas les moyens psychologiques de m'en défaire. Sauf que lui, pendant ces quelques jours de relation, il m'a montré le contraire. Mais, je n'en avais pas pleinement conscience.

Le lundi suivant nous sommes tous les deux au travail dans nos écoles et villes respectives. Je ne sens pas l'éloignement comme un problème. Le soir je lui laisse un nouveau message qui, en substance, disait ceci : « tu coches, comme sûrement bien d'autres personnes, toutes les cases du Prince Charmant, gentillesse, attention et toutes ces choses qui font la vie plus agréable. Mais, il y a une case prise uniquement par toi, c'est la magie ! »

Nous nous sommes revus deux autre fois. Il fallait bien finir ce travail. Puis l'été est arrivé avec ses grandes vacances. Au téléphone il m'a dit qu'il était désolé que notre relation ne puisse pas continuer, lui n'avait pas vu cette « magie ». Il le regrettait. Il me voyait comme une belle personne avec beaucoup de possibilités et il ne fallait pas que je me cache derrière un soi-disant problème physique. Nous en avons bien discuté. Et j'ai compris sa position, je devais faire évoluer la mienne.

L'histoire avec lui aurait pu s'arrêter là, mais non. Le hasard a fait que nous nous sommes revus au sein de l'École Normale quelques années plus tard. J'avais évolué vers le métier de conseiller pédagogique et je faisais quelques interventions pour les enseignants en formation. Lui faisait de la promotion pour son syndicat. Je l'ai aperçu dans la cour de l'établissement. Il ne m'avait pas remarqué et pour cause, j'avais bien changé, j'étais une autre femme, non, j'étais une femme. Il fut assez surpris mais sincèrement ravi du changement opéré. Cela méritait quelques explications.

Notre aventure, si courte fut-elle, eut un impact certain

dans ma vie. Je m'étais réveillée, plus rien ne devait être impossible. Effectivement, j'étais maintenant marié, avec un non-enseignant, et j'étais la mère d'une merveilleuse petite fille. Mon existence était dorénavant comblée.

J'aurais aimé que se soit lui, si ce ne le fut pas, la suite fut grâce à lui.

SOHEÏLA

(La Douce)

Je ne saurais pas vraiment tout raconter, savoir comment j'en suis arrivée là. Non que j'en sois incapable mais cela serait seulement mon point de vue. Une seule vision n'est pas suffisante. Comme au tribunal, il doit y avoir une contradiction. Sinon ce n'est pas une enquête et on ne peut pas juger sereinement. Je préfère donner la parole aux différentes personnes intervenant dans mon histoire. Toutefois, ce ne sont pas elles qui parlent vraiment. Peut-être se sont-elles exprimées à un moment donné ou bien le leur demandera-t-on, je ne peux le savoir dans mon état. J'imagine seulement ce qu'elles auraient pu dire, comment ces témoins pourraient raconter mon histoire à leur façon, leur vision des faits. Avec mon ressenti, je me mets à leur place.

Un témoin

Ce métro ne nous donne maintenant plus que les bruits de roulement, les avertissements de trafics ferroviaires et le pschitt de l'ouverture des portes. Le dernier mauvais chanteur a fini de nous casser les oreilles, il est descendu à une station précédente. On a un peu de calme pour laisser nos pensées les plus viles à son égard s'échapper de notre cerveau. Je tourne machinalement la tête pour regarder le quai qui s'approche alors que la rame ralentit. Une jeune fille marche devant quelques jeunes de son âge. Ils ressemblent à des collégiens. Elle a le visage ni gai, ni souriant. Elle semble au contraire plutôt accablée par ses suiveurs un peu plus bruyants et volubiles que la moyenne des voyageurs. Elle rentre dans le wagon. On voit mieux maintenant son physique : « ingrat » diraient certains imbéciles. Elle est légèrement boudinée dans ses vêtements, ils ne sont pas trop à sa taille. Aucun logo de marque de mode n'apparaît. La coiffure n'est pas travaillée, une simple frange avec les cheveux attachés en queue de cheval, pas de maquillage ni d'artifices de beauté. Elle débarrasse son épaule de son sac pour s'asseoir, elle le serre contre elle, posé sur ses jambes. Je comprends assez vite qu'il devient une sorte de protection. Il reste trois places libres. Ils ne la lâchent pas et vont aussi s'installer à côté d'elle. Deux d'entre eux la coincent sur la banquette, elle est collée de force à la vitre, deux autres sont en face. Le dernier reste debout, il a un téléphone dans les mains, il a dû être chargé de capter le malaise. Ils sourient et rient de leurs « blagues ». On entend clairement les moqueries. On voit aussi les mains qui taquinent ainsi que les sursauts qu'ils provoquent. Les mots blessants coulent en continu. Elle essaie de se protéger de leurs gestes avec son sac. Elle tourne la tête en faisant mine de les ignorer. Mais eux passent outre son mal-aise, se moquant même de son attitude. Elle ne peut même pas se lever pour se mettre ailleurs, ils l'en empêchent. Ils s'amusent, eux. Pas elle visiblement. Leurs références en termes d'amusement ne sont pas en adéquation. Cette vision est insupportable, je ne peux pas laisser passer ça. Je me lève, je me dirige vers le groupe. La jeune fille n'a pas pu me voir quand elle est entrée et elle s'est assise en me tournant le dos. Arrivé à son niveau, je dis un peu fort : « dis donc je ne savais pas que tu prenais cette ligne pour rentrer à la maison. Ça fait plaisir de te voir. Tout va bien ? » Je fais un signe non équivoque pour faire déguerpir les deux garçons à côté d'elle, et prendre leur place. Ils sont très sérieusement surpris. Maintenant je suis la dernière séquence de leur film. Avant de m'asseoir, je les regarde tous les cinq avec insistance. « Y a un problème ? Non ? Alors dégagez ! » Le ton est impératif. Ils s'exécutent. Ils sentent bien qu'il ne faut pas insister. Ils ne font pas le poids. Sur les cinq, quatre ont le regard fuyant, l'air fautif. Le dernier reste arrogant avec un sourire en coin. Il semble dire « tu crois que tu vas la sauver ? ». Qu'importe son attitude. Je m'assois sur le siège à côté de la souffre-douleur. Je sens qu'elle se détend à peine. Elle a du mal à comprendre ce qu'il se passe. Je fais semblant de bien la connaître en conversant avec elle, même si elle ne répond pas. Les jeunes crétins nous regardent de travers, il faut leur donner le change. Entre temps je la rassure sur ma présence, elle n'a rien à craindre de moi. Je lui demande où elle descend et si les garçons descendent là aussi. Deux arrêts plus loin, et oui, ils descendent aussi me répond-elle. Presque arrivé à la station, nous nous levons. Elle se place devant la porte, je me mets entre elle et les garçons, face à eux, les bras en croix tenant les barres verticales. Elle sort, ils restent dans le wagon, obligés. Mission accomplie.

La directrice

Quand on a quelques centaines d'élèves à gérer, vous comprendrez qu'il est impossible de tout savoir et de tout connaître sur tout et tout le monde. Nous avons pour cela un directeur adjoint, un CPE, des surveillants. Et des enseignants qui sont, eux, en rapport direct avec les élèves. Ils sont à même de faire connaître et remonter les problèmes qui pourraient se présenter. Ils sont aux premières loges. N'arrivent ici que les affaires importantes. Le reste est géré à leur niveau. Je n'ai d'ailleurs pas vraiment compris pourquoi cette jeune fille avait demandé à me voir. Je n'avais eu aucun signalement. Elle aurait dû prendre contact directement avec le CPE. Bref, je la reçois quand même, c'est mon rôle. Ce qu'elle me raconte ne prend pas l'allure d'une affaire importante. Quelques élèves semblent la taquiner, sans plus. Rien ne me paraît plus normal pour des enfants de cet âge. Cette gestion de conflit aurait mérité de rester à son niveau. Elle n'avait pas à se présenter dans mon bureau. La jeune fille avait l'air calme et serein. Je n'ai pas noté d'affections particulières : elle n'a pas pleuré. Néanmoins, j'appelle le CPE pour lui demander de recevoir cette élève. Ici, ce n'est pas le bureau des lamentations. Il faut un peu de courage pour affronter l'adversité. Quand on est un peu différente, on doit s'armer pour supporter les autres.

Le CPE

57

Si je comprends bien, il y a cinq garçons, toujours les mêmes, qui n'arrêtent pas de l'embêter, de la "taquiner". Deux sur trois sont dans sa classe. Je raccroche. Je vais voir ça de plus près. Je regarde son emploi du temps pour voir lesquels de ses enseignants sont présents. Par chance son professeur principal est là. Me voici dans leur salle. J'en salue quelques-uns au passage et je me dirige vers celui qui m'intéresse. Je vais droit au but en lui parlant de la petite Soheila et des soucis qu'elle dit avoir avec deux élèves. Par un bon hasard, il a aussi les trois autres. Pour en avoir discuté avec ses collègues, il n'apparaît pas qu'il y ait des problèmes entre eux. En tout cas pas pendant les cours. Elle n'est pas brillante, elle se situe dans une petite moyenne. Il est vrai aussi qu'elle est plutôt solitaire. Elle est toujours seule, la dernière du rang avant l'entrée en classe. Dernière à entrer et dernière à sortir. Elle est aussi seule à son bureau. Jamais personne ne lui demande rien, ni feuille, ni stylo, ni service. On l'entend peu. Il est vrai qu'elle n'a pas forcément envie de prendre la parole. En début d'année, lorsqu'elle était interrogée, il y avait des petits bruits ou des interventions moqueuses. Nous y avons mis le holà, deux heures de colle ont été suffisantes. Mais je pense qu'elle n'a plus eu envie de s'exprimer. On s'est demandé si elle était mise à l'écart par les autres ou bien si c'était de son fait. Mais comme la classe était calme, on n'a pas cherché plus loin. Il n'y avait pas de tensions particulières dirigées contre elle. Je le remercie de ces commentaires. Je file voir les surveillants. Je leur pose les mêmes questions. Ils sont moins policés dans leurs commentaires. Ils voient très bien de qui on parle. Il n'y a pas beaucoup d'élèves en surpoids ici, nous sommes dans un quartier plutôt chic. Et dans un établissement privé. La grande majorité des élèves arborent des tenues de leur âge et de leurs moyens : des marques, encore des marques et toujours des marques, emblématiques de leur position sociale. Alors, quand une « sans grands moyens » se présente, elle ne peut être que la risée des autres. On s'est d'ailleurs demandé ce qu'elle faisait ici. Elle n'a pas le profil. Elle devait faire partie du quota de diversité. Et si en plus elle a de l'embonpoint, cumulé avec des vêtements pas à sa taille, plus un prénom à sonorité étrangère, elle a le combo, comme ils disent. Et si elle n'était pas agressée véritablement, on pouvait être sûr que si un des garçons dont on parle passait à côté d'elle, il ne manquait pas de lui donner un petit coup d'épaule ou de lui piquer le gras du ventre avec les doigts. On voyait aussi très bien qu'ils lui glissaient des paroles pas charmantes quand ils la croisaient. Mais il n'y a jamais eu d'attroupement autour d'elle. Tout cela ne nous interpellait pas. Pas de violences, pas de problèmes.

Moi

Comment j'en suis arrivée là ? C'est bien sûr tout un enchaînement de circonstances et de décisions en fonction de celles-ci. Nous sommes une famille de troisième génération issue de l'immigration. Mes grands-parents ont fait la grande traversée pour une vie meilleure et ils ont réussi. Mes parents aussi. Ils ne sont plus dans ces banlieues dortoirs. Ils ne sont pas ouvriers ou agents de services, ils ne travaillent pas dans la logistique. Nous habitons dans un quartier prisé de la classe moyenne. Et nous, les enfants, devons être le reflet de cette intégration, de cette évolution. Après l'école primaire, nos parents ont choisi un collège privé à la bonne réputation. Il n'était qu'à quelques stations de métro de la maison. L'établissement était ravi de recevoir des élèves loin de leur type de recrutement. Et il était « bien comme il faut » pour nous. Effectivement, tout s'est passé sans problème majeur. Sixième, cinquième, quatrième, j'étais toujours présente. Mais, si j'avais une vie scolaire, je n'avais pas de vie sociale. On m'adressait la parole, on ne me parlait pas. J'étais toujours la dernière à être choisie dans les équipes de sports collectifs. À part les questions d'usages sur ma vie ou mes parents, personne ne s'intéressait à moi. J'étais là, plus ignorée qu'embêtée, tranquille malgré tout. J'avais bien essayé au début de m'intégrer, mais j'avais abandonné. Ce n'était pas grave, mais... J'en avais parlé à mes parents. Ceux-ci m'ont encouragée à résister, je valais mieux qu'eux et tout ce genre de discours. C'est à partir de cette prise de conscience que j'ai compensé mon insatisfaction sociale par la nourriture. Je me faisais aussi discrète à la maison. J'ai commencé à prendre des kilos sans tomber dans l'obésité, un simple surpoids. Ma mère achetait mes vêtements essentiellement sur des sites de seconde main, souvent un peu juste question taille. Elle ne s'était pas encore rendu compte de mon état. Je faisais tout pour le cacher.

Cette dernière année de collège a vu débarquer dans ma classe un nouvel élève. Il était charmant, il avait comme une aura. Il dégageait des ondes très fortes. Je voyais bien qu'il me regardait, en classe ou dans la cour. Nous prenions aussi la même ligne de métro. Mais il descendait avant moi. J'avais aussi bien remarqué qu'il s'était fait une bande d'amis serviables. Je dis ça parce que ce n'était jamais lui qui allait vers les autres mais toujours les autres qui venaient vers lui. Je restais comme d'habitude dans mon coin. Toutefois je voyais les visages et les regards tournés vers moi à me dévisager, m'examiner, suivi de rires. Que pouvaient-ils dire sur mon compte. Car, si le nouveau me regardait, il ne me parlait pas non plus. J'étais gênée. De nouvelles questions se posaient dorénavant. Allait-il m'aborder ? Et quand ? Est-ce que j'attendais ce moment ? Est-ce que je le redoutais ? Mon corps et mon esprit en avaient-il envie ? Oui, bien sûr ! Je ne pouvais pas faire le premier pas, je trouvais cela trop dangereux. Lui devait venir. Il est venu.

Ma vie s'éclairait doucement. Une petite lueur d'espoir en l'humanité commençait à poindre à cause d'un premier « bonjour ! » et d'un premier sourire en me croisant un matin. J'y ai répondu, quelque peu surprise. Les matins suivants les mots prenaient plus de consistance. Les paroles échangées devenaient plus personnelles. L'abord était subtil, je commençais à être sous le charme, à attendre, à laisser tomber mes défenses. Je comprends maintenant que nous étions dans sa première phase de relation, celle où il déploie ses talents pour trouver celui ou celle, en l'occurrence moi, qui sera sa victime. Il savait comment se comporter et son vrai « moi » a mis un certain temps à apparaître. Au fur et à mesure que ma confiance augmentait, il instillait par petites gouttes son comportement destructeur. Les critiques sont apparues rapidement. Je ne pouvais que les accepter, elles étaient vraies : grosse, moche, mal foutue, mal habillée, pauvre, pas à ma place, une étrangère.

Par quelle mécanique ? Lui m'a approché seul. Il revenait vers moi toujours seul. Puis plus tard sont venus ses acolytes, pas tous en même temps, un ou deux, rarement trois. Eux s'éloignaient puis un autre revenait. Ils ne participaient pas à nos échanges, ils restaient silencieux en me regardant et me dévisageant. Je ne comprenais pas leur présence. Eux aussi ont pris part aux critiques quand elles sont arrivées. Les mots étaient lâchés, jetés à ma face, courts, des pointes, du mal. Les reproches prenaient de plus en plus d'ampleur. Mais tout cela dit avec le sourire, en toute discrétion. Il était difficile de deviner ce que je subissais durant ces moments. Il me devenait impossible de passer une récréation sans qu'ils ne viennent autour de moi. Où que je sois, à un moment ou à un autre, ils venaient. Aucune place ni aucun lieu ne me protégeait. Ils me guettaient à l'entrée du collège, me suivaient à l'intérieur et me poursuivaient sur le chemin du retour. Un jour cela a été tellement visible dans le métro qu'un homme m'a permis de leur échapper. Mais le lendemain a été terrible. Mon harcèlement a pris à partir de ce jour une plus grande dimension. Je n'en pouvais plus. D'autant que la principale ne m'a été d'aucun secours. Je me retrouvais complètement seule. Sans défense.

J'étais, comme toutes les adolescentes, branchée sur les réseaux, Tik-Tok et autres Instagram. J'avais ouvert des comptes mais je ne participais pas, compte tenu de mon niveau d'intégration sociale. Je n'ai pas non plus essayé de contacter mes camarades de classe. Mais ils ont trouvé mes adresses et même si je ne publiais rien, ils avaient par là le moyen de m'atteindre d'une autre manière. Les insultes continuaient. Je me croyais forte, capable de résister à cette pression. Mais, imperceptiblement, j'avais exacerbé mes réactions vers une sorte d'hypersensibilité. Mon attachement aux réseaux devenait compulsif. Il m'était impossible de m'en défaire, une drogue dure, une addiction sévère. Et plus j'étais harcelée, plus j'éprouvais le besoin d'y aller, même en étant harcelée de la façon la plus vile et la plus vulgaire. Un désespoir, je ne voyais aucune solution. J'étais abandonnée, sans aide, sans secours. Je me répétais : « il n'y a aucune solution ! Il n'y a aucune solution ! » Si ce n'est disparaître.

Voilà, vous savez tout. Pourquoi, malheureusement, je me retrouve ici, sur ce lit d'hôpital avec des seringues dans les bras, des tubes dans le nez et la bouche. Manifestement je me suis ratée. J'entends et je sens vaguement des gens s'activant autour de moi. Qui ? Je ne sais pas. Famille ou autres qu'importe. Je ne sais pas non plus si j'ai envie de leur raconter mes pensées. Le comprendraient-ils ? Je ne sais pas si cela servirait à quelque chose. Je ne sais pas. Je ne sais plus.

Je ne veux plus.

SOPHIE

La salle d'attente est vide. Comme chez tous les médecins, traînent sur une petite table des revues inintéressantes. Les chaises sont ordinaires mais assez confortables. Aux murs une tapisserie banale ne met pas en relief un cadre avec une photo en noir et blanc qui l'aurait presque méritée. Je suis arrivée en avance, j'ai le temps de faire un inventaire exhaustif des lieux tel un Georges Perec de bas étage. Je ne sais pas ce que j'espère en étant ici. J'ai trop différé l'analyse de mes difficultés. Est-il encore temps ? C'est ma première consultation de ce genre. Potentiellement, ma vie peut dépendre de ce rendez-vous.

À l'invitation du panneau sur la porte du palier, je suis entrée directement, sans frapper. Le léger grincement doit servir d'avertisseur sonore. Elle sait maintenant que je suis là. Je me place pour être visible. La porte du cabinet est devant moi. J'aurais pu choisir le mur d'en face mais je veux certifier et attester ma présence dès le premier regard. Je l'imagine important pour la suite de mon histoire. Je ne sais si elle pourra se poursuivre. J'ai tellement mal. Ici, dans un ailleurs, entre quatre murs ou quatre planches. Rien ne se voit, rien ne transparaît, je semble stoïque mais le fond brûle, mon histoire me consume. Elle me tue à petit feu.

Ma montre est à l'heure, elle aussi. Elle accompagne la patiente précédente jusqu'au seuil. Je vois des sourires sur chacun des visages. Elles s'échangent quelques douces paroles, me voilà rassurée. Elle a l'âge de l'expérience, ce qui conforte mon choix. Je me suis levée avant son invitation à le faire. Elle s'approche, on se serre la main. Je la suis, je m'assois sur le siège qu'elle me propose. Je pose ma veste sur l'autre. J'ai mal et je suis mal. Mon idée était-elle la bonne de venir voir une psychiatre ?

J'ai choisi de consulter avant d'aller plus loin dans mon drame. Je connais le principe du secret médical. Tout ce qui sera dit dans cet antre n'en sortira pas. Ces préoccupations ne sont que mes pensées coincées dans les méandres de mon cerveau, elles n'affectent pas mes actes. Pas encore, heureusement.

Pourquoi une femme médecin ? Je pense que, au-delà du diplôme ou de l'expérience partagée avec un homme, elle sera plus à même de me comprendre. Nous avons quelque chose en commun se rattachant à l'histoire de la féminité. J'espère qu'elle ira plus loin que le simple diagnostic utilitaire en cochant les cases révélées par mes dires. J'espère qu'elle mettra sa sensibilité pour mieux me comprendre et mieux m'aider. Je ne dis pas qu'un homme ne peut pas le faire mais en l'occurrence, je préfère une femme.

Elle s'est assise à sa place derrière son bureau. Elle a sorti une fiche. Elle ne peut pas savoir ce qui l'attend.

« Je vous écoute » me dit-elle.

« Je me présente : je m'appelle Sophie D****, j'ai trente ans, je suis employée dans un cabinet d'expert-comptable, je suis mariée. Et c'est là qu'est le problème. »

Elle a rapidement griffonné mes informations puis elle s'est reculée. J'ai à peine commencé que me reviennent en mémoire l'accumulation des raisons de ma présence sur ce fauteuil. Une en particulier revêt une grande importance. Je fais une pause. Je cherche son regard. Je la vois très concentrée, attentive à la suite.

- Mais encore ?

- Mon mari est d'une jalousie extrême. Je ne sais plus quoi faire ni quoi dire. Je ne vis pas, je ne vis plus comme je devrais vivre. Je suis complètement bloquée. Je souffre tellement et j'ai tellement envie que cette souffrance cesse que j'en viens à construire des scénarios macabres pour en sortir. Tout cela doit disparaître et lui avec.

- Quel scénarios ?

- Je ne vois que la mort comme solution. Je m'explique, je vais essayer d'être claire. La rénovation de la maison que nous venons d'acheter n'est pas terminée mais elle est habitable. Nous en étions à l'aménagement du séjour. Cette pièce avait besoin de quelques marches pour accéder à la cuisine et au reste de la maison. Elles n'étaient pas encore construites. J'ai eu l'espace d'un instant l'idée d'une libération, un moyen d'y parvenir, sans trop de risque. Elle est restée dans mon esprit un long moment. Il me suffisait de l'attirer au bord des futures marches, de lui faire un croche-pieds et d'accompagner le mouvement afin que sa nuque, dans cette chute, grâce à la différence de niveau, heurte violemment le rebord de la première marche, et se brise, le tuant net. Un accident de chantier en quelque sorte. Je ne pouvais pas être coupable. J'ai eu en tête l'histoire que j'aurais racontée pour être insoupçonnable. Moi, au fond du jardin, inconsciente du drame qui se jouait, je m'occupais des plantes. Je ne pouvais pas être inquiète, il avait son travail à l'intérieur. Il n'avait pas besoin de moi, je peux me débrouiller seul, m'avait-il dit. J'aurais eu soif à un moment donné et je serais rentrée dans la maison. À l'intérieur, je n'entendrais pas de bruit d'activité. Je l'appellerais, pas de réponse. Ce n'est pas dans ses habitudes. Je serais allée voir où il en était pour le découvrir, gisant sur le sol, les cheveux dans une flaque de sang avec des traces sur l'angle du sol. Appel des secours avec la voix de circonstance. Tout était évident et clair : un malheureux accident. Ma réalité aurait été tout autre. Je m'imaginais, après mon forfait, attendre à côté de lui l'arrivée de son dernier souffle, au cas où le choc n'aurait pas été fatal. Je l'aurais peut-être aidé à trépasser. Au point où j'en étais, je pouvais, je devais le faire. Assister à son agonie aurait été très satisfaisant. La mort, la liberté mais à quel prix pour la conscience. Il m'en reste, c'est pour cela que je suis ici.

Pendant que je parlais, mon regard s'était perdu dans un lointain imaginaire. J'avais tellement ressassé cette histoire. Je ne voyais ni ne percevais rien de ce qui m'entourait. Mon esprit était trop occupé. Tout ne pouvait être que flou. Seules les images mentales étaient nettes. Combien de fois les avais-je tournées et retournées dans ma tête. Un film sans fin, une récurrence. Mais le scénario coinçait sur un élément : moi. Ce n'était que du désir, impossible à réaliser. Aucune vie ne mérite d'être prise. Mais la mienne était enchaînée.

- ...c'est pour cela que je suis ici.

Mon regard passa du fond de la fenêtre vers la psy lorsque j'ai répété mes derniers mots. Elle avait l'air grave, particulièrement attentive à mes propos. Préoccupée, certainement.

- Qu'est-ce qui vous a amené à imaginer cela ?

- Il y a beaucoup de choses à dire, je ne sais par quoi commencer. Si, une situation exemplaire. Nous sommes à la maison, celle que nous avons rénovée, il y a encore du travail à faire mais nous pouvons recevoir. Nous avons chacun de notre côté des collègues de travail que nous apprécions, ils sont même pour certains devenus des amis. Nos invitations à dîner chez les uns ou les autres sont monnaie courante, c'est dans nos âges. Bien évidemment, tout comme nous pouvons essayer d'être en recevant et en étant reçus, nos invités se montrent agréables et enjoués. Sinon pourquoi accepter une invitation, si c'est pour faire la gueule ? Certains se montrent sous leurs bons côtés et jouent à faire du charme. En tant que maîtresse de maison, ces élans me sont quelquefois adressés. Et la soirée passe sur ce ton rieur et cette ambiance de franche camaraderie.

Sans aucun sous-entendu de la part de personne.

La soirée se termine, les invités s'en vont. Mais pour moi, ce n'est pas fini. Outre le rangement, j'ai droit, et cela prend de plus en plus d'ampleur après chaque invitation, à tous les reproches qu'il peut me faire.

– Ça va ? Tu te sens bien ? Tu es contente de tes effets ? On a clairement vu que vous vous étiez tapé dans l'œil avec Julien. Il travaille dans le même bureau que toi, non ? Vous mangez ensemble ? Vous faites quoi d'autre tous les deux ? Je vois parfaitement votre jeu, je ne suis pas dupe...

En prononçant ces paroles, le ton au début était mielleux mais il finissait en hurlant. Il se rapprochait de moi de plus en plus en mimant des gestes de violences, des claques, des gifles. Après commençait la litanie des reproches. Il n'avait de cesse de me rabaisser, de me critiquer, de m'humilier. Jusqu'au jour où il a commencé insidieusement à le faire devant nos amis. Il prétendait le faire sur le ton de l'humour mais j'avais déjà entendu cela maintes fois. Il pouvait tromper nos amis sur ses intentions mais pas moi. Il me détruisait.

La séance a duré une heure, moi décrivant ma vie, elle m'aiguillant par quelques questions pertinentes. Plus une

73

ordonnance *ad hoc.* Antidépresseur et compagnie.

Je suis rentrée à la maison. Je ne lui avais pas dit le vrai motif de mon absence. Je ne suis pas sûre qu'il l'aurait compris. Non, c'est même une certitude. Je ne voulais pas prendre le risque d'avoir des questions sur le pourquoi. Pour lui, son monde était normal. Mon attitude ne reflétait pas mon état émotionnel. Rien ne transparaissait. On ne pouvait pas imaginer ma détresse. J'ai eu besoin de me confier à un tiers non-impliqué dans ma vie justement pour pouvoir en parler sereinement.

La suite n'était pas vraiment prévue mais elle était inéluctable. Mes parents avaient dans la ville voisine un petit appartement affecté à des locations saisonnières. J'en avais les clefs au cas où ils n'auraient pas pu s'en occuper, ce qui arrivait fréquemment.

Ma liberté passait d'abord par la fuite, au lieu de commettre un acte irréparable qui m'aurait condamné pour le restant de ma vie. J'avais entendu un jour la phrase suivante : « les peines de cœur sont moins longues que les peines de prison. » De fait, mes pensées n'étaient pas une option réalisable. Elles étaient révélatrices de mon mal. La seule solution viable était de m'éloigner de la source de ce mal : mon mari. J'ai pris quelques affaires, ma voiture et je suis devenue une squatteuse. Mes parents ont vite compris la situation : ils m'ont laissé faire et permis de prendre mon temps. Là, j'ai pu remettre un peu d'ordre. Au calme, sans cette présence inévitable. Je pouvais commencer à être de nouveau moi-même.

Au tout début de la séance suivante, j'ai annoncé mon départ du domicile conjugal. En commentaire, j'ai eu : « vous avez bien fait. » Une personne sensée ne pouvait qu'abonder dans ce sens. Nous avons continué le temps nécessaire à la stabilisation de ma situation psychique qui fût assez rapide finalement.

Il m'a fallu comprendre qui j'étais et surtout qui il était afin de reconnaître l'incompatibilité des caractères, ceux-ci nous ayant menés à cette situation. Une très (pour ne pas dire hyper) émotive donc particulièrement sensible, sans le montrer, avec un jaloux à tendance narcissique, mettant en œuvre ce défaut, qu'il ne conçoit pas, ne peuvent pas rester ensemble. L'un, moi, vit en dépendance affective de l'autre, lui. Il n'en avait pas conscience. A-t-il compris ? J'en doute et je m'en moque. On ne change pas le caractère d'une personne, il est inné. Notre éducation le minimise ou le potentialise mais on l'a, on le garde. La conscience que nous avons des autres nous fait agir pour essayer de limiter le mal. Il a fallu que ce mal me soit insupportable pour arriver à m'en séparer. Il en allait de ma survie. Car, outre sa disparition, ma mort était aussi une option. Les scénarios construits étaient flous mais cette possibilité existait, elle était potentiellement réalisable.

De fait, il reste encore des interrogations sur le pourquoi il a voulu que nous vivions ensemble. Il me possédait corps et âme, cela devait lui suffire. C'est l'unique explication trouvée pour le moment.

Un détail est frappant. Après notre mariage, je m'entraînais à trouver et fixer ma nouvelle signature. J'étais contente de porter son nom. Cela signifiait mon amour pour lui et ma volonté de ne faire plus qu'une personne. Il est ma moitié, je suis la sienne. Cela l'a fait rire, il en a profité pour ajouter une ou deux réflexions passives-agressives. Ça ne sentait pas la bienveillance, il était moqueur. Maintenant la scène prend une autre dimension.

Un autre exemple. Les bureaux de nos lieux de travail respectifs n'étaient pas loin l'un de l'autre. Par économie, nous ne prenions qu'une seule voiture pour nous y rendre. Il me laissait au mien et allait vers le sien. Je lui avais plusieurs fois proposé de manger ensemble le midi, ce que permettaient nos horaires. J'ai toujours eu une fin de non-recevoir avec tout plein de justifications par rapport à ses collègues, son travail ou autre. Je n'en prenais pas ombrage et je n'ai pas insisté. Comme l'épisode de la signature, cela prend une autre signification.

Et il y a encore beaucoup d'événements qui prennent un sens de lecture différent. Je ne peux pas tous les raconter mais j'ai compris, au fil des séances avec ma psychiatre, que j'avais été manipulée. J'avais été aveuglée pour plus de soumission. Toutes mes actions avaient pour but de le satisfaire. Son mode de pensée se traduisait par des injonctions devant me faire agir dans ce sens, et il n'y pouvait rien. Surtout, j'avais mal parce que je ne comprenais pas. Pourquoi me reprochait-on des faits que je n'avais pas commis. J'étais innocente ! Mais lui, l'était-il ?

Un fait est connu : les jaloux, même s'ils disent le contraire, ont tendance à faire ce qu'ils reprochent à leur partenaire. Ce n'est pas systématique mais il y a une forte probabilité. Ils pensent qu'ils sont trompés alors ils trompent. Je te le fais puisque tu me le fais, je sais que tu l'as fait. Je n'ai pas de preuves ? Je n'en ai pas besoin puisque je le sais. On tourne en rond. Il y a comme une injustice implacable. Il confondait amour et possession, cela se traduisait par son sentiment de jalousie. Il ne supporte pas que vous soyez vous-même. Vous êtes sa chose, un objet de son quotidien. Et gare s'il ne fonctionne pas.

Mettre des mots sur ces faits, les qualifier, m'a permis de les comprendre et de les accepter. Voir que je n'étais pas coupable. Je n'étais pas malade, pas folle. On traitait ici les conséquences de ses psychoses à lui.

Je pense que nous nous sommes connus trop jeunes. Nous avons mûri chacun de manière différente et le fossé nous séparant définitivement s'est creusé à la longue. Sans espoir de le combler. Le temps a révélé nos personnalités mais quelque chose d'indéfinissable, j'allais dire d'incompréhensible, nous a fait rester ensemble malgré tout. Lui ne pouvait pas le voir ni le sentir. Et moi, je le sentais mais je ne pouvais pas l'exprimer. Par habitude peut-être ou par devoir de ne pas se poser de question. Je crois que pour moi, c'était la peur de me retrouver seule après cette étreinte psychologique. Respirer de nouveau était-il envisageable ? Je sais maintenant que j'ai besoin de vivre en couple. Mais pas avec n'importe qui. Je mets des critères de choix et on voit si les étoiles scintillent. Maintenant la thérapie a opéré pour mon bien et j'en suis ravie. Je me suis aussi demandé juste avant notre séparation si je pouvais encore plaire. Une courte expérience m'a permis d'être rassurée à ce sujet.

À l'heure où je raconte cette histoire, les plaies sont cicatrisées. Il reste quand même les marques. Elles sont indélébiles, elles font partie de moi, de ma construction. Elles m'ont formée et m'ont aussi fait comprendre qui je suis et comment je suis. Mariée, j'étais sa moitié, il était la mienne. Mais l'ajout de ces deux demis, à la fin, avait zéro pour résultat : $\frac{1}{2} + \frac{1}{2} = 0$.

Maintenant, je ne peux être qu'avec un autre qui m'accepte comme je l'accepte. Désormais c'est moi et lui, ensemble : $1 + 1 = 2$.

ESTELLE

Je suis vraiment contente, tu as accepté de me voir

J'y pensais souvent. Non, toujours, chaque jour, chaque soir

Je me demandais si tu en aurais besoin ou envie

Les deux pour moi, l'expression d'un inassouvi

Ou simplement si tu le désirais, ne serait-ce qu'un tout petit peu

Elle n'est pas si loin cette histoire, ce nous deux

Comment vas-tu, toi, ta compagne ? Comment est ta vie ?

Je vous voyais quand je favorisais le hasard à m'amener ici

Vous aviez l'air bien ensemble, une belle alchimie

On parle de quoi ? De nous ? De rien, de la météo

Toutes ces banalités, le beau temps, le boulot

Mais cette conversation ne nous ressemble pas

Elle ne nous rassemble pas

Elle n'est pas la notre

Je la tiens avec un autre

Notre dernier « entre nous » était différent

Il est gravé dans mon esprit définitivement

Je sens une méfiance, beaucoup à cause de moi

Tu es sur tes gardes, je sais aussi pourquoi

La dernière fois où on s'est vu, ce fameux soir

Est ancré dans le profond de nos mémoires

Tu m'avais offert des roses

Ce bouquet, je devais le chérir

Elles ont plus que fané, je l'ai laissé mourir

Je dois ravaler ma fierté, mon ego, mon moi

Cette liberté n'exprime que le manque de toi

Je suis ici, dévastée, désolée pour cette nuit

Elle me revient et revient et revient et je fuis

Je n'ai pas su comprendre ce que j'avais quand tu étais à moi

Je suis incapable de réaliser ce sans toi

Depuis, tous les jours je me repasse ce moment

Tous les jours je veux changer le temps

Je reviens constamment dans cette chambre

Faire demi-tour pour réparer ce soir de septembre

Le travail meuble mes jours d'une insatisfaction récurrente

Toute à mes automatismes de vie, indifférente

Seule le soir, mon cerveau reprend le contrôle

Et là, j'ai toujours le mauvais rôle

Je n'ai pas dormi, ou très mal, ces derniers temps

Je me lève, je vis un peu, je vais, je me mens

Debout dans cette nouvelle chambre, je ne peux que penser

Elle est devenue triste, mes mots t'ont offensé

J'ai manqué de courage pour ton anniversaire

Je ne t'ai pas appelé, j'ai choisi de me taire

Je me fourvoie, encore une erreur

Je m'effraie, je me fais peur

Puis je pense à l'été, à tous les beaux moments

Cette belle époque, avant le tourment

Où je te regardais rire, assis à mes côtés

À l'automne, j'ai réalisé que je t'aimais

Ce froid est arrivé, les jours sombres du cœur

Quand dans mon esprit s'est insinuée la peur

Tu m'as donné tout ton amour, je t'ai rendu un au revoir

Je maudis ce jour, en y pensant tous les soirs.

Je dois ravaler ma fierté, mon ego, mon moi

Cette liberté n'exprime que le manque de toi

Je suis ici, dévastée. Je suis désolée pour cette nuit

Elle me revient et revient et revient et je fuis

Je n'ai pas su comprendre ce que j'avais quand tu étais à moi

Je suis incapable de réaliser ce sans toi

Depuis, tous les jours je me repasse ce moment

Tous les jours je voudrais changer le temps

Je reviens constamment dans cette chambre

Faire demi-tour pour réparer ce soir de septembre

J'ai le souvenir de ton corps, de ta peau, de ton sourire, de ta voix

Tout exprimait et reflétait ta gentillesse, tu étais si bon pour moi

Cet été-là, ta façon de me tenir dans tes bras, de me serrer

Tu montrais ton attachement, ton amour, j'existais

Comment n'ai-je pas compris cela, aimer

Tu avais été clair, tout simplement m'aimer

Pourquoi je n'entendais pas ce mot, ce désir

Pourquoi je ne concevais pas cet avenir

Probablement un rêve trop fort, dorénavant perdu

Et si ce temps et ces sentiments nous étaient rendus

Je retournerai dans ce passé, nourrir cet amour réciproque

Nous pourrions revenir, changer cette équivoque

Une prière pour nous deux

Entendue par les cieux

Rêve insensé, revenir au passé

Et si nous nous aimions encore,

Je le jure je t'aimerai plus fort

Mais personne n'entend, ta porte est verrouillée

Le loquet baissé, l'entrée barrée, pas de clé

Je dois ravaler ma fierté, mon ego, mon moi

Cette liberté n'exprime que le manque de toi

Je suis ici, dévastée, si désolée pour cette nuit

Elle me revient et revient et revient et je fuis

Je n'ai pas su comprendre ce que j'avais quand tu étais à moi

Je suis incapable de réaliser ce sans toi

Depuis, tous les jours je me repasse ce moment

Tous les jours je voudrais changer le temps

Je reviens constamment dans cette chambre

Faire demi-tour pour réparer ce soir de septembre

Faire demi-tour, tout le temps, cette chambre.

SUZANNE

Il y a des choses que je ne comprends pas, je n'ai pas d'explication. J'ai beau chercher, rien ne me vient. Il y a des événements qui s'enchaînent. Je vois des situations, je les vis mais, je le répète, je ne comprends pas ce qui nous a conduit à ça. Je ne trouve pas de raisons. Mais aussi, je ne me trouve pas de raisons.

Dans les relations ordinaires, professionnelles ou familiales, il existe des motivations plus ou moins explicites quant à nos manières d'agir ou de réagir. Le caractère spécifique, ou les ressorts psychologiques de chacun, un moment cachés, peuvent se révéler au fur et à mesure de la relation. L'image sublimée, idyllique, de la perception de l'autre est faussée par la nouveauté. Le vivre ensemble peut aussi être un facteur déclenchant voire aggravant. On apprend à se connaître et passer outre quelques petits défauts, l'important n'est pas là. L'autre m'accepte aussi. Le devenir est encore un enchantement.

J'essaie de trouver des responsabilités, des agissements qui nous auraient amenés à cette situation. Je me questionne sur ma conduite, sur mes réactions. Je ne pense pas m'être trompée sur l'amour que je te porte. Il n'est pas venu en un éclair, ce n'était pas un coup de foudre. Il lui a fallu un petit temps. Je ne sais pas s'il existe une moyenne mesurant cet espace entre la première rencontre et la découverte de ce sentiment d'amour commun. Je n'ai pas de doute dans mon cœur, il persiste malgré tout. C'est peut-être le plus douloureux la fin de ce partage.

On en a vu des couples se déchirer. Très près de nous, nos parents respectifs lors de leur séparation conduisant à un divorce inévitable. J'ai vu les miens se reprocher, s'engueuler, se tromper, se rapprocher, s'enfuir. Ma présence à ces moments-là n'avait pas l'air de les gêner, trop pris par eux-mêmes. J'étais jeune. Malgré tout, si je ne saisissais pas la portée de leurs récriminations respectives, je les comprends maintenant. Finalement, la balance n'était en faveur d'aucun des deux, les torts étaient partagés.

Toi et moi nous ne nous sommes ni affrontées, ni battues. Nos voix ne sont pas montées. Aucun de nos gestes n'a été menaçant. Rien. Et pourtant tu n'es plus là.

On vivait sous le même toit mais on s'est perdu de vue.
Mon amour est-ce que c'est le temps qui nous tue.
Tu as claqué la porte sans me dire au revoir.
Depuis j'attends que tu rentres tous les soirs.

Comme dans un film, des scènes me reviennent. Un soir, il n'y a pas si longtemps avant ce jour maudit, nous avons grignoté un repas devant la télé. La journée de travail avait été harassante pour toi comme pour moi. Nos boulots respectifs captent une bonne partie de notre énergie. Nous comptons sur ce temps loin de nos considérations professionnelles pour profiter de nous et recharger nos batteries. Au propre comme au figuré. Depuis ton aménagement dans mon appartement, nous nous réservons des soirées de tranquillité, de silence, de quiétude à ne rien faire, décrochées du monde. À part ouvrir au livreur de repas. Jusqu'au bout, ne rien faire. Petite conversation sur notre activité du jour. Petite, ne pas s'encombrer l'esprit, au contraire, le vider.

Mais ce soir-là, vibrations de ton téléphone. Tu t'en saisis, le pose sur ta jambe. Ton visage se penche vers lui. Le son produit m'a incitée à me tourner vers toi. Tu regardes l'écran, tu ne fais pas que sourire, je vois bien que tu réprimes un rire. Tu appuies sur le bouton pour l'éteindre. C'était une image, une photo, accompagnant un texto. Tu n'as pas eu un regard pour moi. Tu as reposé ton appareil. Tes lèvres continuaient à présenter ce rictus de satisfaction, de bonheur ? Ton visage rayonnait. Pas à cause de moi, sinon tu aurais tourné la tête pour chercher mon regard. L'autre écran, celui de la télé, t'a re-captée. Je n'ai plus existé, j'ai encaissé, je n'ai rien dit. Tu avais été trop absorbée. Jusqu'à la fin de l'épisode de cette série, je n'avais plus de substance. J'ai volontairement cessé toute tentative de conversation. Consciemment, je voulais savoir jusqu'où tu irais. La télé éteinte a été le signal pour rejoindre la chambre. Nous avons l'habitude de nous coucher en même temps. Le « bonne nuit » que tu as prononcé ressemblait à une formule de politesse à la fin d'un mail en envoi groupé. Il n'est destiné à personne en particulier, anonymisation de circonstance.

Il n'y a plus de bruit dans la maison. Tu es allée allumer ta lampe de chevet. Tu t'es rapidement débarrassée de tes habits de jour. Tu as revêtu un pyjama, le haut et le bas, c'est un signe. Tout comme une chemise de nuit ou un simple T-shirt l'ont été mais ne le sont plus, ils restent remisés dans l'armoire. Tu as soulevé les draps, tu t'es glissée dans le lit, ton visage vers l'extérieur. Sans oublier de placer ton téléphone sous ton oreiller. Tu as éteint alors que je n'étais pas encore à tes côtés. Je continue d'être transparente.

La faible lumière suintant des volets est suffisante pour ne rien heurter en direction du lit. Les yeux s'adaptent vite à cette pénombre. Je me couche. Ma main se demande comment elle pourrait aller vers toi, te toucher. Elle ne le fait pas. Elle ne veut pas risquer ta réaction qui dirait « non !» Pourtant, être repoussée, serait de nouveau exister.

Ma tête cherche des réponses à ton attitude mais mon corps ne m'aide pas. Il n'essaie pas les gestes qui provoquaient notre désir. Il les connaît mais ne les fait pas. Il a peur de briser ta joie. Il a peur de te voir furieuse, il a peur de casser ton rêve, ton contentement. L'hésitation bloque l'action, la brise dans son élan. Cette caresse pourrait être salvatrice. Cette indécision révèle ce que nous ne sommes plus. Néanmoins, la fatigue aidant, les yeux fermés et les pensées chassées, je somnole.

Une faible clarté m'a sorti de ce demi-sommeil, elle dessine ta silhouette. Elle fait un contre-jour, je ne vois que l'ombre de ton dos. Ou est-ce la vibration, pourtant imperceptible, qui m'a réveillée ? Cinq, dix, quinze minutes ? Je ne sais pas depuis combien de temps tu n'es plus avec moi ce soir pour la deuxième fois. Tu es avec elle.

À qui tu parles à trois heures du matin ? Ta respiration n'est pas celle évoquant le calme et la sérénité. Tu pouffes, quelques soubresauts sont perceptibles. Je te sens sourire devant ton écran, tu ne te caches pas. Tu n'en sens pas le besoin. Les histoires qu'on se racontait, ces films, je ne suis plus dedans, les images ne sont plus nôtres.

Tu as dû passer la soirée à penser à elle. Peut-il en être autrement ? Tout me pousse à le croire. La mémoire de tes attitudes me mettant à distance me revient. Je n'y prêtais pas attention, je les pensais faisant partie de ta personnalité.

Je le vois bien, je ne suis plus la première à qui tu penses au réveil. On dansait ensemble la valse de la vie mais tes bras m'ont lâchée. Seule dorénavant.

Tu avais tout prévu, tout préparé. Je suppose que tu avais pris pour cette forfaiture un jour de congé. Je rentrais du travail, métro-bus, en toute fin d'après-midi. Je sonne par convention. Pas de réponse, c'est la première fois. D'habitude dans ces cas-là, tu me prévenais de ta possible absence. Tu ne m'as donc pas avertie. J'attends et les secondes qui passent ne me rassurent pas, le pire de la série romantique commence à tourner. Sans réponse, je pousse le battant, traverse la cour, grimpe les escaliers, ouvre la porte de l'appartement.

Il est tel que je l'ai laissé ce matin. Sauf ta clef, elle est revenue à sa place. Aussi il manque le livre que tu avais entamé, tes produits de toilettes ont disparu, la place de tes vêtements est libre. Il manque l'essentiel : toi et tout ce que je t'avais donné, ma joie, mon amour, tu ne les as pas pris, ils ne sont plus rien pour toi. Ils ont été évaporés par ton indifférence, perdus dans les limbes. Les retrouverai-je pour une autre ?

Je n'existais plus pour toi. Tu as fait ce qu'il fallait pour que tu n'existes plus pour moi. La disparition. Il n'y a plus rien ici rappelant ta présence. Ainsi les fenêtres laissées ouvertes ont chassé ton odeur et ton âme. As-tu seulement été là un jour ? Je me prends à douter. Un rêve ? Non, le mauvais scénario se réalise.

J'voudrais remettre le film au début
Rejouer la scène ou le lit nous voit nues
Re-goûter ta bouche pour la première fois
Laisser du parfum dans tes draps

Qu'est-ce que tu fais, avec qui es ? Feras-tu la même chose avec elle ? Je ne lui souhaite pas. Je ne serai pas là pour l'avertir sur ta conduite à mon égard. Est-ce dans tes habitudes de jouer avec la vie des gens ? Par discrétion et parce que ta vie t'appartient, je n'avais pas essayé de connaître ton passé. Il n'était, à mes yeux, pas important. Ce qui était signifiant se passait au présent, ici et maintenant, avec en perspective un futur plus ou moins proche.

Des questions que j'aurais peut-être dû te poser. Car celles me venant à l'esprit maintenant m'assassinent à petit feu. J'ai le cœur en cendres en t'imaginant l'embrasser. Car je les connais tes baisers. Ils ne peuvent être moins doux que ceux présents dans ma mémoire de ma chair. Mon corps en vibre encore de ces sensations inconnues jusqu'alors.

La tristesse m'envahit. Plus aucune chanson ne m'apporte une quelconque joie. J'écris des lettres que tu ne liras jamais. Pourrais-tu seulement les comprendre ? Le chaos dans ma tête accompagne celui de l'appartement. Le goût me manque de le rendre de nouveau beau. Il est trop vide de toi, je ne le reconnais plus. Je reste ici, dans ce désordre, je ne sors plus. Ce n'est pas le jour qui me réveille. Je dors quand je ne peux plus faire autrement.

Tout cela dans l'appartement vide.

Texte inspiré par la chanson "Dans l'appart' vide" de SUZANE.

INGRID

Je comprends ce que tu insinues

Ici, tout te paraît familier, mais tu n'es jamais venu

Tu as l'impression de t'y être déjà rendu

Pourtant, cet endroit ne t'a jamais vu

Ces lieux me touchent, rappellent mes expériences

Ils ont construit mon enfance

Là j'ai tout vécu de mon adolescence

Tu sembles connaître cette contrée

Faite de monts et de vallées

Cela te rappelle quelque chose

Je ne peux qu'en être la cause

Depuis six mois, j'en ai tellement dit

Avant nous, ces lieux et ces gens ont fait ma vie

J'ai écrit dans ta mémoire

Je t'ai tout raconté, nous partageons cette histoire

En chemin, sur la route qui mène à mes souvenirs

Mes mots sur mon monde t'ont fait sourire

Mais j'ai préféré te prévenir, anticiper

Mes parents sont restés sur leurs anciennes idées

Nous dormirons dans des chambres séparées

Nous irons aussi à la messe, à l'église

Tu as pris, pour cela, une belle chemise

Ils te présenteront à leur communauté

Ils officialiseront notre lien et nos affinités

Je ne veux pas t'effrayer, tout ça tu le sais

J'ai juste pensé que je devais t'en reparler

Ma sœur te posera un million de questions

Elle voudra connaître tout de toi, tes opinions

Elle te fera rougir de tant d'indiscrétions

En sa présence, il faut maîtriser ses émotions

Et tu rencontreras mes copains de lycée

Ils sont, maintenant, bien plus policés

Et, comme avant, nous boirons le verre de l'amitié

Ils raconteront ces nuits folles qu'on ne peut oublier

Quand tu verras maman, à la maison, attention

Elle tombe amoureuse plus vite que moi, sans raison

Et mon père, en bon mécano, regardera ta voiture

Il vérifiera tes pneus, en prendra la mesure

Il te servira un whisky, comme lui, sur de la glace

Pour les bonnes occasions il le sort de sa place

À la pêche, il te proposera de l'accompagner

D'habitude solitaire, c'est un insigne honneur

Nos repas, il nous invitera à les partager

Il le montrera, mais taira son bonheur

Si nous nous séparons, je m'en remettrai

Maman ressentira le même chagrin

Papa me verra pleurer, il mentira disant ne pas t'aimer

Ils essaieront de me consoler par ces mensonges

Il prétendra encore qu'il ne t'appréciait pas

Mais, si notre belle aventure prenait fin

Tu briserais plus de cœur que le mien

Si cela devait arriver, séparer nos chemins

Oh oui ! Tu briserais plus de cœurs que le mien.

FANNY

Je sais comment je suis née. Je l'ai vu et revu. Mon père avait filmé ma naissance. Il devait être un des rares à l'avoir fait à cette époque. Il avait demandé l'autorisation et le personnel médical la lui avait gentiment accordée. Je savais me servir d'un magnétoscope. La cassette était à disposition, avec les autres films enregistrés, à côté de l'appareil. Il me suffisait de la prendre et de me regarder naître, personne ne me l'interdisait. Encore maintenant je ne sais pas vraiment pourquoi j'aimais la revoir de temps en temps.

Cela devait certainement être une délivrance pour ma mère. Elle m'avait raconté l'arrivée à la clinique, accompagnée par mon père, suite aux premières contractions. Après vingt-quatre heures d'attente, de "faux travail" comme elle disait, ce fût la pose de la péridurale et le soulagement. Cette pratique n'était pas très courante et donc beaucoup moins proposée en ce temps-là, à la toute fin des années quatre-vingt. Elle avait eu le même problème pour la naissance de ma demi-sœur, six ans plus tôt, mais sans le secours et le soulagement de cette méthode. J'arrivais dans de meilleures conditions pour elle.

Mon existence commençait bien. Si au départ je n'étais pas prévue, j'étais là et finalement très attendue, pleinement désirée. Trois jours après ma naissance, un appel en urgence de la clinique a fait venir une pédiatre qui a diagnostiqué un gros souci de digestion. Mon transit ne se faisait pas normalement, il était fortement ralenti. Il fallait savoir pourquoi, on était à la limite de l'occlusion intestinale. Il y avait de gros risque pour ma santé et pour ma vie. Je fus donc transférée à l'hôpital d'à côté où il me fut trouvé un mésentère commun. En clair, mon petit intestin n'était pas placé comme il fallait pour assurer son office. Il était tout mélangé, provoquant cette occlusion partielle. Et hop ! J'avais huit jours et j'étais déjà sur le billard pour remettre tout cela en place. Et m'enlever l'appendice, puisqu'on y était : autant nettoyer et ne prendre aucun risque futur. Il me reste de cette aventure une cicatrice à peine visible au bas du ventre au niveau de la ceinture. Depuis ce jour, ma mère a craint pour ma vie, plus que de raison. Je la comprends mais sa "protection" n'a pas été pleine de bon sens. Elle a fait un énorme déni à mon égard par rapport au problème de ma grande sœur (par facilité je ne mettrai plus "demi" devant sœur). Certainement a-t-elle ressenti son impuissance face à cette réalité, et a-t-elle donc éprouvé une grande souffrance. Chose qu'elle a refusé pour moi, elle n'a pas voulu entendre, voir, admettre malgré l'évidence que j'avais le même problème que son premier enfant.

Celle-ci était asthmatique. Elle avait son traitement par Ventoline, elle avait même eu droit à des séances de kinésithérapie respiratoire. Il est évident que pour une mère, cette situation ne pouvait être facile à vivre. Je pense qu'elle se sentait responsable de son état, elle faisait donc tout son possible pour que sa maladie ne soit pas un handicap. Elle devait se trouver dans une angoisse perpétuelle, la peur d'imaginer sa fille handicapé à vie, voire disparaître, emportée par la maladie.

Et c'est là que je ne comprends pas non plus son attitude. Je me suis aussi révélée asthmatique. À un haut degré. Cette maladie n'a pas été diagnostiquée avant mes 7 ou 8 ans.

Mon père et ma mère étaient déjà séparés. Ma mère vivait seule, mon père s'était remis en couple. Lui et sa nouvelle compagne avaient remarqué quelque chose : d'abord j'étais en surpoids, très proche de l'obésité mais surtout, le moindre effort physique m'était difficile. Je m'essoufflais très vite et j'avais de la peine à reprendre l'activité commencée : marche, excursion ou autres. Mon père était inquiet, il a pris la décision, sans avertir personne, de me faire passer des examens dans un centre médical spécialisé dans les maladies pulmonaires, où son propre père était soigné. Je ne sais pas comment il s'est débrouillé concernant la sécurité sociale, toujours est-il que j'ai subi ces fameux examens. En fait il n'y en a eu qu'un seul. On me met dans une cage avec un embout (comme ceux des tubas de plongée) dans la bouche et une pince sur le nez. L'infirmière me demande de souffler. Je m'exécute mais je ne tiens pas deux secondes, je lâche l'embout et je me mets à tousser tout en m'étouffant. L'examen n'a pas pu se poursuivre, le diagnostic posé par le médecin après un examen complémentaire était évident, j'étais asthmatique.

Mon père a fait part de ces résultats à ma mère. Elle les a refusés ! Pour elle, ils n'étaient pas vrais. Je n'étais pas malade et surtout pas asthmatique. Un déni complet. Je sais que sur ces faits et après cette discussion, mon père a essayé de me récupérer et de m'avoir sous sa garde. Après réflexion, il a préféré ne pas entrer dans cette bataille qui aurait fait du mal à tout le monde.

Nous avons continué à vivre avec l'arrangement des couples divorcés, à savoir un week-end sur deux plus la moitié des vacances scolaires. Ces temps je les passais avec mon demi-frère (pour la suite de l'histoire, là aussi je vais supprimer le demi). Nous les passions souvent chez nos grands-parents à la campagne. C'était de bons moments, plus les vacances d'été en camping à la montagne ou à la mer. Cela ressemblait un peu au bonheur.

Quand mes parents se sont séparés, j'entrais au CE1. Étant née au mois de janvier, mon père avait cru bon de me faire gagner six mois de scolarité et donc de passer directement des bébés à la maternelle aux moyens, sans passer par la case petits. Ce fût une funeste erreur pour mon parcours. En plus, pour les devoirs ou les leçons de lecture à réviser le soir, mon père n'était pas facile. Il était très exigeant. Il ne comprenait pas que pour moi, c'était compliqué. Si compliqué qu'après leur séparation, mes qualités d'écolière ont fondu. Je n'avais plus personne pour m'aider. Ma mère avait, semble-t-il, d'autres choses à penser. J'ai donc redoublé le CE2 pour reprendre le fil normal puis j'ai re-redoublé pour asseoir mes compétences. Ma maîtresse a pris de gros risque pour moi, cette situation était hors de tout protocole ordinaire. Je me retrouvais donc avec un an et demi de retard. Je faisais tache dans cette classe, et les autres aussi, parce que je n'étais pas un modèle standard, j'étais largement plus grande et plus grosse que tous mes camarades garçons et filles.

Les années passent, mon père habite seul maintenant. Il ne manque jamais de nous prendre, mon frère et moi. Nous dormons dans la même chambre, où ont été installés des lits superposés. Tout est bien. Ah oui, je suis inscrite aux jeunes pompiers. Ce n'est pas facile pour moi mais les moniteurs ne m'en demandent pas trop.

J'ai la vie d'une fille de parents séparés. Ce n'est pas toujours facile. Heureusement je m'entends parfaitement bien avec mon frère, il est trop gentil. Nous nous sommes fait un ami du fils de la voisine, celle qui habite en dessous. Nous passons de bons moments ensemble.

Un jour, j'ai treize ans, c'est le printemps, je suis chez ma mère. Elle téléphone à mon père. Les portables ne sont pas encore des smartphones, ils ne servent qu'à appeler et recevoir des messages. Justement, elle lui en a laissé un de message. À l'entendre, mon père a été très inquiet. Il a pris sa voiture pour nous rejoindre. Il m'a dit que ce jour-là, il avait respecté les limitations de vitesse mais de justesse. La prudence n'était pas compatible avec l'urgence.

Nous nous retrouvons à l'hôpital où les pompiers m'ont amenée après m'avoir transportée inconsciente : je m'étais effondrée dans ma chambre alors qu'aucun signe suspect ne pouvait le laisser imaginer. Ma mère a eu les bons réflexes. Je suis saine et sauve. Reste à savoir pourquoi je me suis évanouie.

Ma mère me fait des gestes d'amour et d'encouragement. Je vois et je sens mon père pas rassuré. De plus il est gêné par la présence de ma mère. Quand elle est là, il est différent, il ne veut pas se montrer. Ni afficher ses sentiments. Très peu de temps après, les médecins ont trouvé la cause de ma perte de connaissance : une tumeur au cerveau, un oligodendrogliome anaplasique.

Le coup de massue pour tout le monde. Je ne comprends pas trop les implications de cette découverte mais je ressens l'effondrement chez mes parents. La suite de ma vie va être chaotique entre les séjours à la maison, à l'hôpital, en clinique et autres joyeusetés.

Les collègues de travail de ma mère ont été

exemplaires. Ils ont assuré son activité malgré son absence. Après l'épuisement de ses congés maladies, le service où elle travaillait a fait comme si elle était là. Elle a donc toujours été présente avec moi. Elle ne me quittait que quand mon père venait s'occuper de moi.

Le vécu de ma maladie a été simple, avec des séances de chimiothérapie, de radiothérapie, de psychologie. Je n'ai pas été opérée, il y avait trop de risques. Lors d'un séjour dans un centre de soin, j'y ai vu un enfant qui avait été avec moi à l'hôpital pour les mêmes problèmes de tumeur cérébrale. Lui avait subi une opération qui avait réussi à moitié : il était vivant mais il était devenu un légume. Je crois que mes parents ne voulaient pas ça. Pas sûr que je le veuille non plus.

Malgré tous les soins prodigués, le temps faisait son œuvre, bien aidé par cette tumeur. Ah oui, ma mère s'est tournée vers les médecines "alternatives", faites de divinations, cartomancies et autres âneries. Pouvait-elle se rassurer avec ces bêtises ? Le désespoir pousse à faire de drôles de choses.

Je devenais de plus en plus grabataire. On m'avait installé un lit médicalisé dans ma chambre. Je me déplaçais en fauteuil roulant, je ne pouvais plus marcher. Cela n'empêchait pas mon père de me récupérer ses jours de visites et même de venir à d'autres moments si je le lui demandais. Là on restait dans ma chambre à jouer à la console, à rire, à se raconter des bêtises. On passait du bon temps comme toutes les fois où nous étions ensemble.

Sinon il me chargeait sur son dos pour descendre les quatre étages. Le fauteuil m'attendait en bas dans le hall avec mon frère. Je mesure la difficulté pour lui de me porter de la sorte vue le poids que je faisais maintenant. Mais vint un moment où je ne pus plus sortir de mon lit, même pour les commodités de la vie courante. Comme un bébé je devais de nouveau porter des couches. Cela n'a pas duré très longtemps. Mon visage ne répondait plus comme avant. Je ne souriais plus que d'un côté. Mes paroles devenaient plus difficilement compréhensibles. Mon bras droit ne m'obéissait plus. J'étais presque entièrement assistée, même manger devenait compliqué. Je ne sortais plus du lit. Il y avait un palan qui me soulevait pour me changer et changer les draps. À peine mes doigts pouvaient-ils appuyer sur les boutons de la télécommande de la télé.

Huit mois après ma première alerte, le mois de mon

anniversaire allait rester, pour une autre raison, gravé dans les mémoires. Ce fut le moment où la tumeur choisit de donner son dernier assaut. Le médecin des pompiers, appelé en urgence à la maison, ne put rien faire sinon me transporter de nouveau à l'hôpital pour constater mon décès. Nous étions cinq dans la chambre de l'annonce, moi, mon oncle maternel, sa femme, ma mère et mon père. Tous effondrés de douleur, fondant en larmes. Ils sortent de la pièce sur la demande du personnel médical spécialiste de mon état.

Je suis sur un brancard, on me transporte ailleurs, à la morgue. Ils me suivent à travers les couloirs blafards, interminables. Nous arrivons dans une pièce où on leur dit qu'ils ne pourront pas aller plus loin, l'adieu définitif est ici. C'est fini, ou presque. Il a été prévu mon incinération. Mais deux jours avant, papa vient me voir. Il a demandé l'autorisation et elle lui a été accordée. Je reste sur mon brancard, on nous a mis dans un lieu dédié. Un assistant découvre mon visage avant de partir en toute discrétion. Papa reste assis. Il n'ose pas bouger. Il me parle mais je ne sais que répondre. Il s'approche, il pose sa main sur mon épaule, il soulève un doigt pour effleurer ma joue. Je ne peux pas lui renvoyer la chaleur qu'il me donne. Nous nous voyons pour la dernière fois.

Je sais que je ne l'ai jamais quitté. Il est un athée convaincu mais chaque fois qu'il en a l'occasion, il brûle une bougie en ma mémoire. Et il le fera tant qu'il lui restera une once de vie.

Note de l'auteur, Fanny était ma fille.

LOUISE

(L'arbre de vie)

Cela faisait quelques années que je n'étais pas revenue dans cette maison. Elle a l'avantage et l'inconvénient de me proposer de bons et de mauvais souvenirs. Ma présence ici n'est pas préméditée, je n'ai rien à régler de particulier. Je voulais simplement voir ce lieu peut-être une dernière fois. Plus personne de ma famille ne peut plus, ni ne veut venir ici, tout à définitivement changer.

Je suis une Nouguier comme il y a des Noguès, des Noguera, des Noguères ou des Nougaro. Nous sommes tous du midi. Mon nom a été francisé. Nous sommes faits du noyer, de l'arbre. Je ne sais pas exactement d'où nous venons mais, par cette branche, nous sommes occitans. Nous avons sûrement voyagé, mon grand-père et son père s'étaient établis dans le sud-ouest, en Occitanie. Ils faisaient partie de cette petite paysannerie qui maillait le territoire de cette région, juste avant la mécanisation. La ferme n'était pas bien grande, elle était dans la moyenne de l'époque, cinq hectares de terres cultivées, une basse-cour, quelques canards, quelques oies pour le gras plus deux ou trois cochons noirs. Ils étaient propriétaires de leur exploitation. La longère n'avait pas besoin d'être très grande, le matériel agricole n'avait pas la dimension qu'il a aujourd'hui. Toute cette population a disparu au profit d'exploitations productivistes. Le remembrement des parcelles a fait son œuvre de disparition de la biodiversité en abattant les haies séparant les champs. Mon grand-père en a été le témoin. Il a mis en viager ses terres, aucun de ses enfants ne voulait reprendre le flambeau. Lui-même n'y tenait pas vraiment. Il savait la hauteur du sacrifice pour en tirer un revenu à peine correct.

À la mort de mes grands-parents, mes parents, mon oncle et ma tante ont hérité de la maison, les terres ayant déjà été rachetées. Tous trois ont tenté l'année suivante d'y venir en vacances en famille, mais il a fallu se rendre à l'évidence, plus personne n'avait envie de revenir ici. La maison a donc été vendue. Elle est maintenant un gîte, une chambre d'hôte, un lieu de villégiature pour les vacanciers et les curistes.

Parce qu'ici, d'aussi loin que je m'en souvienne, c'était la maison du bonheur. Tous les étés, je retrouvais mes cousins et cousines. Nos parents respectifs, qui habitaient chacun pas trop loin de là, venaient passer leur dernière semaine de vacances au pays de leur propre enfance, pour le plaisir de tout ce petit monde. Mais surtout, comme ils devaient reprendre le travail, ils nous laissaient à la garde de nos grands-parents avant la rentrée des classes. Il y avait Jean, Pascal, et Charles qui avait le même âge que moi, Louise. Nous n'étions pas une grosse charge. On ne nous voyait qu'au moment des repas et du coucher. Nous nous tous entendions très bien. La fin de nos vacances dans cette ferme nous changeait radicalement de notre vie citadine. Charles n'était pas vraiment un cousin puisque mon oncle s'était marié avec une femme qui avait déjà un enfant. Il l'était par alliance, comme on dit.

C'était le moment de l'année que j'aimais le plus, je l'attendais. Plus jeune je ne savais pas trop pourquoi ni comment l'expliquer. En grandissant les réponses sont venues, évidentes. Je voulais voir, revoir Charles. Durant ces quelques semaines nous étions inséparables. Nous étions avec Pascal et Jean aussi, mais jamais l'un sans l'autre. Nous fréquentions les autres enfants du village, mais jamais l'un sans l'autre, toujours ensemble. En cas de séparation involontaire, nous n'avions de cesse de nous retrouver. Notre besoin était réciproque. Nous attendions ces moments quand le reste de l'année nous éloignait. Il n'y avait pas encore les réseaux sociaux, nous n'osions pas nous téléphoner alors on s'écrivait. Un amour était né, évident, pur, mais difficile à faire accepter par la famille, nous étions « cousin-cousine ».

Il était très beau et cela attisait quelques jalousies dans la bande d'amis autochtones. Nous étions, de la part de certains, la cible de moquerie. Rien de grave, ce n'était que des mots. Nous faisions partie d'une famille connue et reconnue dans le pays. Nous attaquer directement était impossible. Les grands-parents auraient eu tôt fait de mettre le haut-là à ces petits crétins qui se pavanaient sur leur cyclo alors que nous n'étions qu'en vélo.

Une journée très spéciale reste gravée dans ma mémoire. Nous avions seize ans passés. Nos deux cousins passaient leur temps de leur côté. Nous avions enfourché nos bicyclettes afin d'être un peu seuls, savourer l'odeur du bois bordant ce nouveau champ, être assis simplement enlacés à regarder le paysage, parler à peine, sentir notre amour non loin de cet arbre si cher à notre cœur. Nous venions ici un peu comme un pèlerinage annuel pour voir s'il poussait autant que nos sentiments. À chaque visite nous n'étions pas déçus. Il restait tel que nous l'avions transformé.

Parce que, une après-midi, il y a des années de cela, nous avions fait une promenade en famille. La pause sur le chemin nous avait arrêtés ici même, à l'orée de ce bois. Pendant que les adultes sortaient le goûter, nous, les enfants, nous sommes égayés sous les arbres. Avec Charles nous avons découvert une jeune pousse qui avait une particularité assez singulière pour nos yeux d'enfants. Il avait un tronc tout jeune et tout mince qui se divisait presque immédiatement en deux branches pointant vers le ciel. Nous avons décrété qu'une branche était pour moi et l'autre pour Charles. Puis nous les avons enlacées et attachées avec des herbes que nous avons tressées. Depuis ce jour il était devenu notre arbre. Les années passant, il prenait vraiment la force symbolique de notre attachement réciproque. Défaire ces deux branches entrelacées aurait sonné la mort de cet arbre et de note amour. Du moins le voyions-nous ainsi.

Un bruit de petit moteur nous sortit de notre rêverie. L'imbécile du village, Jacky, sur son « 50-monté-cross » se dirigeait vers nous. Il devait savoir que nous venions souvent ici. Nous le connaissions, il avait déjà une certaine réputation. Nous savions aussi qu'il était assez bête pour être jaloux de notre relation. Suzanne, une amie du village nous en avait parlé en nous disant de nous méfier de lui.

De fait, perché sur son engin, il commençait à tourner autour de nous en donnant des coups d'accélérateur. Il était beaucoup plus costaud que Charles et, craignant une réaction violente, nous n'avons pas répondu à ses provocations. Alors que sa manœuvre l'éloignait pour mieux revenir, nous avons préféré prendre la fuite. Nous avons rapidement enfourché sur nos bicyclettes. Nous pouvions profiter de la descente. Il nous a poursuivi. Charles se positionna derrière moi, et ainsi, pensait me protéger. Mais un engin à moteur est toujours plus rapide qu'un vélo. Il se rapprochait dangereusement alors que nous prenions nous aussi de plus en plus de vitesse. Avec Charles nous étions roue dans roue. La moto était maintenant à notre niveau. Je la sentais trop près, dangereusement. En même temps que je tournais rapidement les yeux pour évaluer le péril, je vis son pied levé pour essayer de donner un coup sur la fourche de Charles. Il l'avait raté mais Charles fut tout de même déséquilibré en essayant d'éviter le geste. Le guidon du vélo se mit de travers. Il tomba directement sur moi, m'entraînant dans sa chute. Mais, juste à cet endroit-là, il y avait un petit ravin. L'accident nous y précipita. Encore aujourd'hui je le ressens. Nous avons fait un vol plané et nous avons atterri plus bas sur les cailloux. Charles était sous moi, il a amorti ma chute, nous avons roulé, il s'est retrouvé sur moi puis je me suis évanouie à cause des chocs dans ce fossé pierreux. Je ne sais combien de temps a duré mon sommeil forcé. J'avais du mal à respirer, ce poids sur mon corps m'a réveillée. Charles, que nous est-il arrivé, me demandais-je ? Péniblement je me dégageais, il ne m'aidait pas. Il ne le pouvait plus. Il ne répondait plus. Il ne vivait plus. Je l'ai retourné face au soleil. Je me suis agenouillée près de lui. Je contemplais son visage meurtri. Son front était enfoncé, perforé. Son sang s'était épandu sur moi, il avait maculé mes vêtements.

Je ne sais pas comment on trouve la force d'agir après de tels événements mais j'ai laissé là Charles pour retourner à la maison. Je n'oublierai jamais les cris de sa mère quand on lui a annoncé la nouvelle au téléphone. Je n'ai pas accompagné les secours. Ma grand-mère me voyant dans cet état me dit d'aller prendre une douche puis de lui donner mes vêtements. Ce que je fis, mais je gardais ma chemise. La maisonnée était trop bouleversée pour s'occuper de ce bout de tissus tâché.

La vie ici ne serait plus jamais la même. Je ne sais pas quelle cérémonie a été organisée pour ses funérailles. Je n'aurais pas pu le supporter car à partir de ce jour je suis entrée dans une phase d'hébétude qui ne s'est achevée que plus tard, par paliers. Je n'ai recommencé à m'exprimer par bribes qu'après son enterrement. J'avais toutefois toute ma tête et j'ai rendu le dernier hommage à mon amour défunt à ma manière. Je suis allée enterrer ma chemise avec son sang au pied de notre arbre.

J'ai vécu tant bien que mal jusqu'à aujourd'hui, toujours seule, plus jamais ensemble, il n'était plus là. Dans l'année qui a suivi la mort de Charles, mes grands-parents sont décédés à peu de temps d'intervalle. Plus aucun de leurs enfants n'avaient envie ni besoin de cette maison.

Je suis là maintenant, justement dans cette maison aux souvenirs. On est dans la première semaine de l'ouverture de la chasse. J'ai fait quelques courses au village. J'ai un peu profité des thermes, je suis allée au plan d'eau, j'ai traversé le camping. Je n'ai pas encore osé entrer dans le casino.

La bouteille de blanc du pays est fraîche sur la table devant le gîte. Les pensées remontent. Les impressions disparues reviennent embellies par le temps et l'oubli partiel. Une voiture de gendarmerie fait une pause au portail, elle grimpe l'allée qui mène au bâtiment. Elle va se garer derrière hors de vue. Il n'y avait qu'une personne dans le véhicule, une femme semble-t-il. J'entends ses pas. Elle apparaît au coin de la maison puis elle se dirige vers moi. Je ne mets pas longtemps à la reconnaître, Suzanne ! Quelle surprise ! Je n'ai pas le temps d'ajouter un mot. « Rentrons, me dit-elle, je ne veux pas qu'on me voit. »

Je ne suis qu'à moitié étonnée de la voir. Nous sommes maintenant à l'intérieur. Elle ne me laisse pas prendre la parole.

« Je sais, cela fait longtemps que tu as disparu du pays et je comprends très bien pourquoi. Tu dois aussi être surprise de me voir habillée de la sorte. Oui, je suis gendarme, OPJ même, officier de police judiciaire, ce qui me donne toute latitude pour enquêter sur tout ce qui pourrait se passer dans ma juridiction.

Il y a trois jours, lors d'un déplacement nous sommes passés en ville avec mon collègue, il n'est pas du pays. Tu sortais de la boulangerie pour rejoindre ta voiture. Je t'ai tout de suite reconnue. Tous les souvenirs enfouis de cette époque et cette fin tragique me sont revenus. Je me demandais ce que tu pouvais bien faire ici. Par déformation professionnelle, j'ai pensé qu'il n'y avait pas de hasard. Le soir même je suis passée par ici et j'y ai vu ta voiture garée devant ce qui avait été ta maison de famille.

Mais surtout, hier matin la femme de Jacky est venue à la gendarmerie pour signaler la disparition de son mari. D'habitude, nous ne commençons les recherches et à nous inquiéter réellement qu'un ou deux jours après le signalement. Là, c'était un peu différent. C'est moi qui ai pris la déposition et j'ai dit à mes collègues que je m'occupais de l'affaire. Mon instinct me parlait. Sachant que ce Jacky était chasseur, je commençais à faire des liens sans en parler à personne.

Ce matin nous avons organiser une battue. Nous avons, assez vite grâce aux informations de ses amis qui connaissaient ses habitudes, trouvé sa fourgonnette. Un chasseur à pied ne peut pas aller très loin. C'est moi qui ai vu le corps en premier, face contre terre. On ne voyait pas son fusil pourtant il y avait du sang partout autour de son crâne. Avant que je n'avertisse les autres de ma découverte, j'ai délicatement tourné sa tête. J'ai vu le bout de son fusil qui pointait vers sa mâchoire explosée par la déflagration mais il avait aussi le front éclaté et cela ne pouvait pas être le fait d'une arme. J'ai immédiatement fait le rapprochement avec toi. Mais je n'ai rien dit à personne.

À partir de maintenant tu as 24 heures avant que le médecin légiste de Toulouse ne nous donne son rapport qui ne laissera aucun doute sur la mort non-accidentelle de Jacky.

La bande d'amis que nous étions à l'époque savait bien qu'il était responsable de votre accident. Personne n'a rien dit et toi non plus. Briser une telle histoire d'amour n'était pas humain. Je pourrais t'arrêter, te mettre en garde à vue. Je ne sais pas encore comment tu t'y es prise. Hasard, préméditation, bonne ou mauvaise fortune ? Peut-être ne le sais-tu pas toi-même. En revanche, je suis certaine que nous trouverons tous les indices et les éléments impliquant ta responsabilité dans sa mort.

Je vais donc pour la première fois de ma carrière commettre une faute professionnelle. Officiellement, je ne suis jamais venue ici te parler et je ne ferai le rapprochement avec ton histoire qu'après la réception du rapport. »

De légers sanglots transformaient sa voix. Elle s'est levée en essuyant des larmes, elle est partie, elle a disparu. Elle avait raison.

En me promenant j'ai vu ce Jacky. Ce n'était ni prévu ni prémédité. Seulement de la chance. Je n'avais pas de haine mais il fallait réparer quelque chose. Il ne s'est rendu compte de rien. Il n'a pas eu le temps, trop occupé à guetter son gibier et surtout trop surpris. Dans ce moment si intense, j'ai saisi le fusil, je l'ai retourné et j'ai tiré. Cela en une fraction de seconde.

Il gît au sol. Je prends une pierre pour lui défoncer le crâne, comme Charles sur ces cailloux dans le fossé.

J'ai l'esprit tranquille, je me sens bien. Je vais pouvoir le rejoindre enfin apaisée après tant d'années de douleur.

Dans ma poche j'avais son Opinel qui ne me quittait jamais, cadeau de nos grands-parents. Puis je me suis dirigée vers notre arbre. Les initiales L et C gravées dans un cœur traversé par une flèche étaient encore visible. J'ai dégagé les feuilles entre deux racines qui formaient une sorte de cuvette. J'y ai coincé le couteau après l'avoir déplié et tourné la virole de sécurité. Je me suis agenouillée, j'ai placé la pointe entre mes côtes, visant le cœur. Je suis presque allongée, courbée, mon front contre la terre. Mes mains ne touchent plus le sol, elles sont croisées dans mon dos. Puis je donne le coup de rein définitif. Parfaitement aiguisée la lame transperce les chairs pour finir dans mon cœur. Mon sang irrigue les racines qui s'étaient nourries de celui de Charles. Voilà le mien. Nous sommes de nouveau réunis.

Notre arbre de vie, pour l'éternité.

CÉCILE

Je le sais, on me traitait de grosse. Oui, j'étais grosse. On n'emploie plus ce terme de nos jours, il est considéré comme malveillant, il manque d'empathie. Comment dit-on maintenant ? On parle d'embonpoint, de surpoids, de surcharge pondérale, d'adiposité en langage soutenu. On ne peut plus dire : plantureuse, ronde, replète, grassouillette, potelée et autres synonymes. Un mot est réservé au corps médical, obèse, il renvoie à des chiffres bien précis et recouvre une réalité. Pourtant ces mots sont bien ceux qui nous qualifient. Si je n'appartiens plus à cette catégorie de personnes, peut-être est-il intéressant de savoir comment j'y suis arrivée et comment j'en suis sortie. L'histoire est très simple, elle est celle de beaucoup d'entre nous.

Les processus de grossissement sont simples. Il y a deux raisons essentielles : la nourriture (excessive et/ou mal équilibrée) et l'activité (plus exactement l'inactivité). Les deux fonctionnent ensemble, en commun. J'ai très bien utilisé la première raison et pas pratiqué la deuxième pour me retrouver un jour avec un IMC s'approchant dangereusement de 30. Sachant que je mesure 1,70 m cela correspond donc à un poids de presque 90 kg. De plus, j'étais sur une courbe ascendante, je prenais effectivement le risque de me retrouver fortement obèse.

Aussi loin que je remonte, je n'ai pratiqué que très épisodiquement des activités physiques autres que celles de la vie courante. Je me sentais en forme suffisante, sans problème de santé spécifique. Je n'en ressentais pas le besoin ni la nécessité.

Quant à la nourriture, depuis que je vis en couple, c'est toujours moi qui ai préparé les différents repas de la journée. Au fil du temps j'ai appris à m'améliorer. Mes ami.e.s se régalent de ces petits talents. Pour la période qui nous intéresse, celle où j'ai pris le plus de poids, j'avais du temps pour cuisiner. En plus j'aime cette activité et j'aime aussi les résultats se trouvant dans mon assiette. Je suis assez, même très, gourmande (ce que l'on peut traduire par une addiction aux produits sucrés), j'apprécie la bonne chère. Et les plats riches, gras, crémeux, fromageux.

Les quantités avalées à chaque repas étaient sûrement trop importantes. Mais, pour le repas du soir les choses prenaient une autre tournure. Avec mon mari, nous avions pris l'habitude de ne pas cuisiner pour le dîner. Nous prenions un apéritif largement amélioré quantitativement parlant, à base de charcuterie multiples, de produits tartinables et, spécifiquement pour moi, un dessert du genre flans, crèmes, etc. Tout cela arrosé par une bonne bouteille de blanc (la cave n'était jamais vide). Un ou deux verres avaient déjà été bus lors de la préparation du repas de midi. Nous ne consommions pas obligatoirement une bouteille par jour, elle nous faisait en moyenne deux jours. Mais, pour le soir ce n'était pas fini. Très souvent, après avoir débarrassé les derniers reliefs de repas sur la table basse devant la télé, je prenais une friandise, un biscuit, une gaufre, un chocolat. Mais, s'arrêter à un est impossible, on le sait. Il y en avait toujours dans les placards, on n'en manquait pas, donc je les mangeais. Tout allait pour le mieux.

L'autre problème était le petit-déjeuner. Pendant très longtemps j'ai pris des céréales dans un bol de lait le matin. Je remplissais le bol puis je versais le lait. Simple et rapide. Un jour j'ai eu la curiosité de peser cette ration. Elle était trois fois supérieure à celle recommandée ! J'avais décidé de changer cette habitude et de déjeuner plus sainement. J'avais toujours mon bol de lait avec deux sucres, chaud cette fois, avec un sachet de thé, entre un tiers et une demi-baguette de pain, tartinée de beurre salé, le tout recouvert de confiture.

Fort heureusement, je n'ai pas la mauvaise habitude de grignoter. Sinon j'aurais été dans quel état ? J'aurais plus que dépassé le quintal.

Un beau jour du printemps 2021 je me suis rendu compte que quelque chose n'allait pas. Il me fallait changer ma garde-robe, celle-ci n'était plus vraiment à ma taille, tout devenait inconfortable, vêtements et sous-vêtements. Je suis restée assez longtemps en taille 46/48 puis 50/52. Mais là, j'étais déjà passée au 54/56 et celle-ci commençait à être un peu juste. Je basculais doucement mais sûrement dans le rayon grandes tailles, femmes fortes (pas musclées), comme ils disent pudiquement. Je ne trouvais plus rien dans les rayons « ordinaires ». Je devais très sensiblement me tourner vers les magasins spécialisés ou ceux ayant ce rayon spécifique. Je savais déjà que je ne pouvais plus être cliente de certaines enseignes de prêt-à-porter que l'on trouve généralement dans les centres commerciaux. Si ce n'est pour les chaussures ou les chaussettes. Les pieds ne grossissent pas autant que le reste du corps, comme nous, ils ne grandissent pas.

D'autres signes apparaissaient pour s'établir définitivement, une manière de m'alerter :

- dans la douche, il fallait passer sous les plis formés par le ventre pour me laver correctement,
- enfiler mes chaussures devenait un exercice difficile sans un chausse-pied,
- allongé sur le dos dans le lit, mon ventre faisait une bosse volumineuse. La gravité faisait aussi gonfler mes flans, entre les côtes et le bassin
- dans le lit encore, sur le côté, l'abdomen reposait sur le matelas, la position ventrale était impossible,
- assise et légèrement penchée en avant, mon ventre reposait sur mes cuisses,
- j'avais dorénavant une ALD (affection longue durée) pour cause de diabète de type II,
- mes doses de médicaments pour la tension et le cholestérol étaient régulièrement augmentées, plus des chaussettes de contention,
- mais plus encore, il était évident et manifeste que mes apnées du sommeil venaient de mon embonpoint,
- je m'essoufflais rapidement, même marcher devenait

pénible,

- puis, pour la première injection du vaccin anti-covid, ma médecin m'a mise prioritaire. Je lui signifiais mon étonnement. Elle me considérait comme ayant une comorbidité liée au surpoids,
- dans la salle d'attente lors de cette séance de vaccination il n'y avait que des gros, des obèses.

Le mot était lâché ! Par moi ! Je regardais la réalité en face, enfin ! Si j'étais là c'est que j'étais comme eux : obèses. Je mettais un nom sur mon état, je me qualifiais par le mot adéquat.

Cela a été un choc. Je ne voyais pas de solution(s). J'avais par le passé entamé des régimes mais ils avaient été efficaces seulement le temps de les faire. Comme nous toutes après ces tentatives, je reprenais du poids assez rapidement. Je n'avais pas encore compris l'étendu de la difficulté de l'entreprise. Je n'en avais pas conscience non plus. J'ai donc ruminé tout cela, j'ai fait des calculs, j'ai discuté avec certaines personnes. Il me vint une évidence : l'opération de l'estomac ou chirurgie bariatrique en termes savants, devenait inévitable. J'ai pris rendez-vous avec la clinique.

Là-bas, ils ont tous été parfaits. Chaque corps de métier

effectuait parfaitement sa tâche. Ils connaissent parfaitement leur travail et ils le font très bien.

Le circuit dure six mois pendant lesquels on a des rendez-vous réguliers avec différents spécialistes : infirmière, diététicien, nutritionniste, cardiologue, psychologue, psychiatre plus un ou deux autres que j'oublie. La préparation à l'opération est fastidieuse mais hautement nécessaire. Il faut aller jusqu'au bout du processus en passant par chaque étape afin de vérifier notre état de santé physique et psychologique avant l'intervention chirurgicale. Je répète « hautement nécessaire » parce qu'elle est définitive, irréversible, en aucun cas on ne peut revenir en arrière. Pour une sleeve, une partie de l'estomac sera enlevée. Il ne ressemblera plus à un sac mais à une manche, *sleeve* en anglais. Et il ne repousse pas. Il ne grandit pas en fonction de la nourriture absorbée, penser le contraire est une fausse idée reçue.

En définitive, j'étais bel et bien déclarée opérable, je rentrais dans les critères.

À la toute fin du parcours, il y a eu une prise de conscience lors du dernier rendez-vous avec une diététicienne. L'opération était déjà programmée pour le début février. Je me disais que j'allais passer, et profiter, de bonnes fêtes de fin d'année. Nous voilà donc à discuter de ce que seront désormais mes habitudes alimentaires. Je savais déjà qu'après l'opération je devrai me nourrir uniquement de liquides puis introduire petit à petit du solide. Sauf qu'elle me présenta les doses qui feraient mes repas et le quart d'un micro-verre de vin que je pourrais boire une fois par semaine jusqu'à la fin de ma vie. J'encaisse et là je me dis que ce n'est pas possible. Je n'aurai plus jamais le contrôle ou choix de quoi ni de combien, autant dire adieu à la liberté. Bien sûr ma silhouette aura changé, mon état de santé aussi, mais à quel prix ? Finalement, en étais-je capable ?

En sortant de ce dernier entretien, j'étais mal. Mes perspectives d'avenir culinaires s'assombrissaient. En passant devant un distributeur j'ai acheté un paquet de bonbons gélatineux. Je les ai mangés dans la voiture en rentrant à la maison. Surtout je me disais qu'il serait le dernier. Mais que c'était MA décision et pas une obligation, une contrainte. Deux jours plus tard j'appelais le secrétariat du centre de l'obésité pour leur faire part de ma décision de ne pas me faire opérer.

J'avais un argument en tête. Il y a longtemps de cela, j'ai arrêté de fumer. J'avais donc déjà vaincu une addiction. Ma réflexion, à l'époque, n'était pas que du domaine de la santé. Il m'était inconcevable d'être dépendant d'une entreprise qui avait fait le pari de combler mon manque. Et de se faire de l'argent sur mon dos, en plus. Je voulais retrouver cette liberté de choix que j'avais perdue. Puisque j'avais réussi à arrêter de fumer, je devais être capable de vaincre une autre addiction.

Une première question : à quel rythme prend-on du poids ? En deux ans j'ai pris dix kilos. Question corollaire : à quel rythme est-il sain de perdre du poids ? Cela ne doit pas être trop rapide sinon on prend le risque de tout reprendre.

Avec ces deux questions, la nouvelle année a été l'occasion de prendre des décisions avec l'assentiment de mon époux, bien sûr. Sur la nourriture d'abord, mettre dans les assiettes les portions convenables : le plat divisé en deux l'était dorénavant en trois, cette dernière part étant elle-même divisée en deux pour le repas du soir ; arrêter de manger des sucreries, remplacer le sucre par du sucralose ; stopper la charcuterie ; ne plus boire de vin. Incidemment, cela nous a fait faire de sacrées économies. Puis l'activité physique, je suis allée à la piscine une heure, deux fois par semaine, trois quelquefois, pour faire des longueurs de bassin en brasse. Je ne supporte pas la course à pied, elle fait trop de mal aux articulations.

Je pense que le psychisme est la principale raison d'échec dans les tentatives de perte de poids, je devais le prendre en compte. Ce troisième élément a été très important dans mon processus d'amaigrissement. Le mental, la psychologique et plus encore la philosophique ont été essentiels. En effet, j'ai eu la chance de lire des commentateurs de Spinoza (mon philosophe préféré). J'imagine que j'ai à peu près compris les concepts suivants : les trois types de connaissances, la puissance d'agir, le conatus, la Nature, notre essence, le désir, la joie, les affects, les passions tristes, les pensées adéquates, la sagesse. Je ne ferai pas ici un exposé de tout cela, il faudrait un livre entier, mais les revoir, les réviser et les associer à un changement de mode de vie à été primordial dans ma réussite.

Voici quand même un bout de ce que j'en ai tiré : est-ce que la majorité de mes soucis, et de mes addictions, vient de ce que j'agis d'après mon opinion plutôt que d'après la raison ? Réponse : oui. Donc, je dois abandonner mes anciennes croyances basées sur la perception et reconstruire mes schémas de connaissances à partir de mon intelligence et du rapport à mon corps. Je dois chercher à comprendre en évitant les préjugés. Se pose, en corollaire, la question de la volonté et du désir. Cela m'a demandé un grand travail sur moi. Cette nouvelle manière de penser m'a mené vers plus de bien-être et surtout plus de sagesse.

Plus une petite citation : « nous ne désirons rien parce que nous jugeons que c'est bon ; mais au contraire, nous jugeons qu'une chose est bonne parce que nous la désirons ».

Ces actes et réflexions ont eu des effets bénéfiques. Un an après un nouveau bilan a été demandé par mon médecin traitant. J'ai aussi vu une pneumologue. Résultat des courses, je n'ai plus besoin de rien ! Avec en plus la satisfaction de ne pas engraisser les laboratoires pharmaceutiques par mes traitements au long cours et donc de ne pas solliciter la Sécurité Sociale en grevant son budget. Je n'ai plus qu'un médicament pour le syndrome des jambes sans repos, affection non causée par le surpoids, qui ne peut pas guérir.

À l'heure où j'écris ces lignes, ma balance indique 68 kilos pour mes 1,70 m. Je sais que rien n'est acquis et qu'un long travail est encore à accomplir pour stabiliser définitivement ce résultat. Je ne sais pas si j'y arriverai mais il en va de ma santé et de mon équilibre psychologique. Je ne veux dépendre de personne, je veux garder mes compétences physiques le plus longtemps possible, je veux que mon fils et ses enfants puissent profiter de moi, et inversement.

Le bonheur ne s'atteint pas en changeant le monde mais en bien le comprenant, en le voyant tel qu'il est. La seule chose que nous puissions changer, ce sont nos idées, notre conscience, ce qui entraînera un changement dans nos actions et nos comportements.

La vie recommence !

ISABELLE

Du plus lointain de mes souvenirs, ma mère ne m'a jamais aimée.

Je n'ai pas pu m'attacher à elle, elle a tout fait pour.

D'ailleurs, quelles raisons l'ont poussée à se marier avec mon père et avoir avec lui un garçon, une fille, moi et un garçon en dernier, chacun à juste un peu plus d'un an d'intervalle. Le pourquoi m'est connu mais agir de la sorte reste énigmatique, il y avait certainement d'autres possibilités mais de gros biais cognitifs se sont imposés.

Dans les années cinquante, soixante, les mariages n'étaient plus trop arrangés. Il commençait à y avoir une certaine liberté, même dans les campagnes reculées. Et, sentimentalement parlant, ma mère avait commencé à exercer cette liberté. Elle avait été amoureuse d'un travailleur agricole. Ils se fréquentaient sans l'assentiment maternel, le père ne pouvait dire mot, il était décédé depuis quelque temps déjà. La perspective d'une union avec un tel parti n'était pas envisageable. Le refus était net, motivé par la non-concordance des statuts sociaux. Rendez-vous compte, une fille de commerçante avec un garçon de ferme comme on disait à l'époque. Elle n'a donc pu convoler avec son amoureux. Lui-même, plus tard après cette déconvenue, est allé voir ailleurs.

Je sais qu'elle s'est mariée avec mon père contre l'avis de sa mère. Mais il était plombier, donc dans une catégorie sociale correcte par rapport à ses critères. Une union était possible, et même si elle ne le voulait pas, là elle n'a pas pu s'y opposer, elle était majeure. Les justifications de la désapprobation maternelle n'étaient pas nettes, elles faisaient plus appel au ressenti qu'à d'autres raisons précises et argumentées.

Il est évident que ce n'est pas l'amour qui a guidé son choix. J'imagine qu'ainsi elle disait à sa mère : « Je fais ce que je veux, je suis libre ! Tu n'as pas à intervenir.» Elle n'avait pas pu concrétiser son premier amour, mais comme il fallait se marier pour être une vraie femme complète, elle devait le faire. Elle a donc choisi un homme convenable et respectable. Il avait une ascendance polonaise, cela ne posait pas de problème. Ce n'est pas l'amour non plus qui lui a fait faire des enfants. Même sans un sentiment maternel très développé, n'aurait-elle pas pu s'occuper correctement de nous, de moi spécialement, sans me faire ce mal ? Je ne parlerai pas de mes frères et sœur, nous n'avions pas l'habitude de nous épancher en racontant notre vie. Sinon, j'ai quelques souvenirs marquant pour illustrer mon ressenti et par conséquent mes sentiments.

Je n'ai pas passé ma petite enfance dans ma famille. Très jeune j'ai été confiée à ma grand-mère maternelle. Elle s'était remariée avec un vigneron. Ils habitaient dans une ferme typique de la région avec son potager et sa basse-cour. Pratiquement dès ma naissance, ils ont fait office de parents. Ils s'occupaient parfaitement de moi. J'ai vécu là la meilleure partie de ma vie à nourrir des lapins, les poules, à ramasser les œufs, manger les bons plats préparés longuement sur la cuisinière à bois et toutes ces choses qui font le bonheur des enfants dans cet environnement. Le samedi ou le dimanche mes parents, les vrais, venaient me voir accompagnés de mes frère et de ma sœur. Mais moi je ne comprenais pas qui ils étaient, ni ce qu'ils venaient faire ici. Timide, je ne me montrais guère. Ils me voyaient mais ils ne me cherchaient pas. Il n'y avait à mon égard aucune marque d'affection. On peut imaginer ma présence ici pour des problèmes matériels. Peut-être n'avaient-ils pas trop de moyens, une maison trop petite et toutes ces considérations. Il ne s'agissait pas de cela, du moins je ne le pense pas. Je devais être un fardeau pour elle. J'étais encore moins désirée que les autres, plus inutile surtout.

Cette situation, confier une enfant aux bons soins de sa grand-mère, laisse imaginer des gestes, des attitudes, des attentions, des paroles de la part de ses parents venant la voir. Ceux-ci auraient montré la difficulté à vivre cet état de fait : la joie des retrouvailles et la tristesse de la séparation. Mais non ! Rien de tout ça, sauf un lointain silence. Comment aurais-je pu deviner dans ces conditions quels liens nous unissaient ? Ils repartaient comme ils étaient venus, ma vie continuait.

Un jour a été le déclencheur de mon malheur définitif. Ma mère/grand-mère mourut. Mon père/grand-père ne pouvait pas s'occuper de moi, pour des questions de légitimité filiale, il n'était rien pour moi à part une alliance familiale. Juste après ce triste jour, les choses se sont précipitées. Je ne comprenais pas pourquoi on faisait une valise de mes vêtements et pourquoi mes jouets s'entassaient dans un carton. Le tout, et moi avec, a été mis dans une voiture. Je me suis retrouvée dans un lieu inconnu avec des personnes qui m'étaient presque tout autant inconnues. J'étais arrivée chez mes non-parents où j'ai dû partager une chambre avec ma sœur, les deux frères étaient dans une autre. Sans aucune explication autre que la mort de ma grand-mère, je découvrais ainsi une nouvelle vie. Mon monde s'effondrait.

J'avais une sensibilité me permettant de résister. Mais sans sentiment d'amour envers moi, il m'était impossible d'en développer vers celle qui prétendait désormais être ma mère, du moins en prenait-elle le rôle. Elle avait déjà officiellement le titre, mais la fonction avait été négligée. Il en sera toujours ainsi.

Et celui qui était notre père n'était pas plus facile non plus. Il était très strict. Par exemple, à table nous ne pouvions pas parler. Nous mangions dans le silence. Le samedi et dimanche il s'occupait de nous. Je me souviens particulièrement de séance de voile sur de petits dériveurs. Mais il ne supportait pas que nous ne sachions pas faire les manœuvres demandées, il fallait que nous soyons parfaits sans apprendre ! Donc, très rapidement il fut seul sur le bateau et nous restions sur le quai. Mes souvenirs sont un peu flous, je crois que mes parents étaient déjà divorcés à cette époque.

En revanche, je me souviens parfaitement que ma mère me trouvait maladivement chétive, je ne refusais pas de manger, j'absorbais uniquement le nécessaire, à la différence de ma prime enfance. De plus, elle était aussi une mauvaise cuisinière, les plats n'étaient pas bons, toujours les mêmes, pas goûteux. Ces difficultés à ingurgiter ces mixtures étaient aussi un prétexte pour me brimer et me punir. Voici un exemple de punition. Nous allions en famille à la piscine, seulement je n'avais pas le droit d'aller dans l'eau et de m'amuser avec les autres, je devais rester sur les gradins réservés aux accompagnants. Elle m'avait déclarée trop fragile. Les activités plaisantes ne seraient pas pour moi. Ces punitions ne m'aidaient pas, bien au contraire.

Elle avait fait en sorte de m'envoyer dans un établissement pour enfant malade. J'avais entre sept et huit ans le jour de mon départ pour rejoindre Font-Romeu, la station des Pyrénées, à presque mille kilomètres de Soissons. La distance était-elle assez grande pour elle ? Il n'y avait pas d'établissement semblable plus proche ? J'y ai fini mon école primaire tout en prenant deux ou trois kilos supplémentaires. Je comprends que la distance les empêchait de venir me rendre fréquemment visite. Mais j'étais là, désespérément seule, je n'ai pas de souvenirs de lettres ou autres colis comme en recevaient mes camarades de chambrée. Pourquoi faire ?

J'ai redoublé je ne sais combien de classe. Je n'étais pas une bonne élève. Pouvais-je l'être dans ces conditions ? L'école n'était pas une priorité pour mes parents, ni pour moi. Je ne perturbais pas les cours, j'étais absente malgré ma présence. Dans ces conditions, je n'ai pas fini ma troisième, je ne suis pas allée dans un lycée, ou un simple centre d'apprentissage. Je n'ai pas le moindre diplôme, même pas le BEPC. Donc, lorsque j'ai eu dix-sept ans ma mère a trouvé un moyen de se débarrasser définitivement de moi. Elle m'a trouvé une place de femme de service dans un hôtel restaurant, une auberge, de la région rémoise. Là, j'étais nourrie, logée et payée. J'y ai appris à nettoyer les chambres, les cuisines, les salles à manger et à servir à table les clients. Je n'avais plus besoin de rentrer chez moi, même pas mes jours de congés. J'avais bien compris le message. Tous les ailleurs étaient potentiellement chez moi sauf chez ma mère. Ou chez mon père, il s'était remarié et ne voulait même pas du fils de son épouse dans leur maison. Mes parents étaient parfaits.

Finalement, une fois adulte, j'ai quitté ce travail et j'ai fait ma vie dans la ville de Reims. Cela a été la seule fois où ma mère m'a aidée, et c'était lors du départ de l'auberge. Enfin, pas elle directement. Une de ses amies habitait cette ville et elle lui a donc demandé de m'héberger temporairement, le temps pour moi de trouver un nouvel emploi et de quoi me loger. J'ai eu de la chance, cela n'a pris que quelques jours. Mon nouveau travail, là aussi nourrie et logée, était de m'occuper de la maison d'un couple et de leur toute petite fille d'un an et demi. Heureusement d'ailleurs, car cette amie de ma mère me permettait d'utiliser son grenier, directement sous les tuiles avec un simple matelas au sol et une lumière. On faisait mieux question confort, mais je préférais ça plutôt qu'un retour à Soissons dans ce foyer maudit.

Il y a une autre anecdote très symptomatique. Elle a été définitive dans mon rejet de cette mère. On peut toujours nourrir quelques espoirs, se dire qu'on s'est trompée, voir une lueur expliquant ses actes. Mais ce jour-là, le verdict est tombé sans possibilité d'appel ni de pourvoi en cassation. Elle était venue me voir dans mon appartement pour je ne sais plus quelle raison. J'avais évolué, je travaillais à ce moment-là dans les bureaux d'un marchand de meubles. Je ne sais ni pourquoi ni comment (probablement un signe du destin ?), j'ai eu accès à son portefeuille. Les mamans ont souvent des photos de leurs enfants dedans. Il y avait effectivement des photos de mes frères et de ma sœur, mais aucune de moi ! Je n'ai rien dit, elle est partie. J'ai séché ma dernière larme pour elle. Je ne voulais plus la voir.

Peu de temps après son cancer l'a rattrapée et s'est généralisé. Tout comme sa mère et comme ma sœur, toutes trois disparues dans la cinquantaine. Avec le reste de la famille et des amis, j'ai assisté à ses funérailles, plus par obligation qu'autre chose. Plus tard j'ai appris qu'elle avait raconté des mensonges à ma sœur. Elle lui a rapporté des propos désagréables, à la limite du méprisant, que j'aurais tenu à son égard. Nous avons mis les choses au point et nous avons continué à nous voir comme deux éléments de la même famille. Mais j'ai refusé une chose. Une fois, sans qu'elle m'en avertisse, elle m'a emmenée sur sa tombe, elle voulait y déposer des fleurs. J'ai été très mal à l'aise. Il était pour moi hors de question de rendre le moindre hommage à cette personne si malsaine. Elle ne pouvait ni ne devait encombrer mes pensées.

Le déni peut affecter durablement les témoignages. De fait, quand dans un film ou une série un témoin ne se remémore pas exactement les faits, ce n'est pas une faiblesse du scénario, j'ai vécu et fait vivre la même chose à ma sœur. Un jour, nous discutions toutes les deux de notre enfance et en particulier de nos vacances avec nos parents. Je lui affirmais que je n'y allais pas avec eux vu que je n'en avais aucun souvenir. Ma sœur fut

143

très étonnée de mes paroles, elle m'affirmât le contraire. Comme je ne la croyais pas, elle est allée chercher des photos de ces fameuses vacances et je me trouvais bien sur ces photos. Je n'y semblais pas vraiment heureuse, jamais un sourire. Puis me sont revenus des souvenirs disparates dont un avec une certaine force. Nous étions une famille de six personnes avec une voiture de cinq places. Nous allions sur la côte méditerranéenne, les autoroutes n'étaient pas ce qu'elles sont aujourd'hui, mes frères et sœurs assis sur la banquette et moi placée sur la barre de transmission, pendant tout le trajet. On comprend pourquoi j'ai préféré occulter ces épisodes et d'autres encore.

Un jour, étant donné que nous étions restées amies, la mère de la petite fille que j'avais gardée des années auparavant m'a proposé de la rejoindre à Marseille où elle recommençait une nouvelle vie depuis son divorce. Les premiers mois n'ont pas été faciles, j'ai néanmoins trouvé un travail à temps partiel dans une agence immobilière. Mais surtout, il y avait sur une place dans le centre-ville une sorte de restaurant tenu par un couple de lesbiennes. Nous y allions régulièrement le samedi, un des jours de marchés de la place voisine. Il s'avère qu'elles avaient été les voisines et amies d'un homme divorcé de mon âge, celui-ci aussi fréquentait cet établissement. Un jour, on nous a présentés. C'était arrangé, il avait réservé une bouteille de vin blanc dans leur frigo. Nous avons trinqué. Nous nous sommes vus, revus, avons vécu ensemble, puis pacsés, puis propriétaires, puis mariés. Nous habitons maintenant entre Toulouse et Carcassonne, où il a entièrement rénové notre maison.

Un jour il m'a dit : « heureusement que ta mère a été cette horrible personne. Sans elle et sans le détachement qu'elle t'a imposé, nous ne serions pas ensemble. Je remercie donc ta force de caractère. Elle seule nous a réunis et a permis à notre amour de durer. Je sais aussi que tu remercies mes compagnes précédentes. Comme tu dis, elles n'ont pas su me garder malgré mes qualités évidentes tant appréciées de ta personne. »

Ah oui, une dernière anecdote.

Je ne crois pas à ce que j'appellerais les forces occultes, obscures, telles l'homéopathie, l'astrologie, la chiromancie, les chakras et autres billevesées. Mais je ne suis pas à l'abri d'une part d'incohérence. Après le décès de ma mère, à la toute fin du partage de l'héritage, j'ai récupéré une de ses bagues. Je ne sais pas pourquoi je l'ai acceptée car, une fois dans ma main, j'ai tout de suite imaginé qu'elle me porterait malheur. De fait à partir du moment où elle a été en ma possession, je suis allée de déboires en déboires. J'ai accumulé les problèmes tant professionnels que personnels. J'ai tout mis sur son compte. Je n'ai pas tardé à m'en séparer pour que tout rentre dans l'ordre. Je l'ai donnée à mon jeune frère, il l'a offerte à son épouse. Trois mois après ils divorçaient.

Elle porte malheur, je vous dis.

CHARLOTTE

Il n'y a pas si longtemps, je me suis rendue à un atelier littéraire. J'y ai fait une rencontre pour le moins inattendue : un homme ! À la fin de cet atelier, nous avons continué les discussions entamées autour d'un verre et je crois bien qu'il s'est passé quelque chose. Pour lui, je ne sais pas, mais pour moi, oui. Il me fallait en avoir le cœur net. Pour ce faire et en tant que férue de littérature, j'ai choisi la voie (la voix ?) épistolaire.

Je lui ai donc écrit ça :

« C'est une pratique désuète maintenant, mais je brûle d'envie de vous écrire une lettre, une déclaration d'amour. Cet ancien exercice, sans être courant, était surtout utilisé, en première intention, par la gent masculine. Celui-ci ne vous étant pas réservé, pourquoi ne pourrais-je pas l'utiliser ? Certaines de leurs missives sont passées à la postérité. Tous les grands auteurs en ont commis. C'était un bon moyen, sauf interception par un mari importun, s'il y en avait un, de déclarer sa flamme.

Il y a une variante à cette méthode : quand on veut

déclarer son amour, qu'on n'ose le dire et encore moins l'écrire, par peur ou incapacité, on le fait par le truchement d'une chanson. L'interprète récitant notre état, nos intentions, que l'on ne peut exprimer directement. On s'approprie les paroles d'un autre pour vous les servir. Parfois, ils en sont les auteurs ou simplement les interprètes. Troubadours des temps modernes, ils s'emploient à chanter l'amour afin que les auditeurs, les quidams, prennent ce chant pour eux et le présentent à sa ou son bien-aimé(e) comme une déclaration, un engagement.

Dire « je t'aime » avec des formes est un exercice périlleux et compliqué. Cette chanson entendue mille fois nous parle. Elle devient unique, elle devient nôtre Et cela tient du prodige que cet unique soit si commun. Qu'importe, l'essentiel est l'émotion que procure cet air. Une sorte d'hymne à l'amour cherchant la réciprocité. Et la musique joue la nécessaire partition de la corde sensible. Les paroles en sont faciles, mémorisables, pas de littérature, de rime riche : « Je t'aime, tu m'aimes ? C'est beau... »

Mais en amour il est difficile d'innover. Depuis que l'homme vit en société, parle ou écrit, il n'eut de cesse d'exprimer ces et ses sentiments. Sinon, comment séduire les femmes, les hommes et les dieux. Cela en des styles, des manières propres aux différentes époques, mais avec la même finalité. Donc, si je veux vous écrire, il me faudra être originale, convaincante. Mais ce ne seront toujours que des mots. Une lettre, un texte, s'il dit l'amour, le prouve-t-il pour autant ? Comment prouver l'amour ? Je crois qu'on ne peut pas. On ne peut que le dire et le faire. La preuve c'est l'autre qui veut bien l'accepter, y croire. Car, « tempus fugit », le temps passe et balaie le présent.

Ce qui est vrai maintenant, l'est-il, éternellement. On aimerait y croire. Mais, au-delà des mots et des actes, il y a le corps, lui, il sait. Quand on aime, il le ressent. Les sensations sont différentes du désir. On apprend à faire cette différence entre « je veux » et « j'aime ». Le désir c'est soi, même si on peut aimer le partager, c'est quand même soi. Aimer, c'est à deux. Il y a toutefois un point commun entre les deux : le potentiel de réalisation de l'un et de l'autre. En effet, si l'objet du désir est identifié, ce n'est pas pour cela qu'il devient accessible. Nombre de personnes sont capables de se persuader en disant « quand on veut, on peut », ce qui est pour le moins irrationnel. Car si la seule volonté faisait marcher le monde, cela se saurait depuis longtemps et il y aurait des bousculades pour être en haut de l'échelle.

Il y aura donc peut-être encore des freins, des impossibilités matérielles, physiques ou plus grave, morales. Mais j'ai un vœu : je vous veux. L'humanité est jonchée de couples qui sont passés à côté de leur amour.

Je veux dédier ce poème / à toutes les femmes qu'on aime

Pendant quelques instants secrets / à celles qu'on connaît à peine

Qu'un destin différent entraîne / et qu'on ne retrouve jamais

... A celles qui sont déjà prises / et qui vivant des heures grises

Près d'un être trop différent / vous ont, inutiles folies

Laissé voir la mélancolie / d'un avenir désespérant.

Mais, je résume, selon que notre vie fut triste ou heureuse, passantes (passants dans notre cas) vous serez dans l'oubli demain ou bien peuplerez-vous nos souvenirs.

Parce qu'il y a une douleur incroyable, inconcevable à être amoureuse, à attendre un signe, de ne pouvoir le vivre. On est dans l'antichambre de la mort. Elle est et elle reste une option, comme un remède. Malgré tout on vit, on est présente, on fait semblant. On nous voit, on est dans la société avec d'autres gens et même on interagit. Personne ne voit rien de ce qui nous tord les tripes et le cerveau. On trouve un peu de calme contre ce mal en imaginant que l'autre aussi ne vit pas la vie qu'il veut. Piètre consolation d'imaginer être la personne, le recours qui éradiquera ce mal afin que deux êtres se joignent.

Et je veux vous rejoindre, pour que vous ne restiez pas un passant. »

Je crois que je n'eus que le temps de poster le courrier pour recevoir en retour un appel téléphonique. Notre discussion me permit de lui écrire ça :

« Nous avons fixé un rendez-vous, prévu une date qui convienne par rapport à nos activités, en ajoutant un léger mensonge à nos proches ou à nos collaborateurs, tout au plus une omission. Et si cette date n'existait plus. Un trou dans le calendrier. Il en manque bien au mois de février. Celui-ci hésite entre vingt-huit, vingt-neuf. Trente même pour pouvoir enlever dans un autre mois un autre jour, au milieu.

J'attends cette date, trop de jours nous en séparent. Je les ai comptés depuis notre dernière rencontre. Qu'elles soient là, ces journées, est déjà assez désespérant puisque ces satanées m'ont séparée physiquement de vous, pas mentalement, vous m'habitez. Une faille temporelle, un saut de cette ampleur ne peut pas exister. Imaginons que le monde passe directement du quinze au dix-sept, pas de seize ? Pire que le « bug de l'an

2000 », le fameux qui a fait frémir tant de monde.

En revanche, avant l'ère cybernétique, il a bien fallu recaler des calendriers pour que le monde du commerce s'entende et que la révolution d'octobre se passe en novembre. Les tsars avaient des idées saugrenues.

Mais, quel que soit le calendrier, les jours se suivent, s'enchaînent. Ils peuvent changer de noms, leur suite est inéluctable et s'ils ont un numéro, il n'y a pas de saut, sauf pour recommencer l'incrémentation : semaine, décades, mois et les autres mesures.

Quelles craintes j'éprouve donc ? Il n'y a que Lucifer qui soit capable d'une telle méchanceté. Car enfin, si Dieu a créé la terre et l'univers, il a aussi créé le temps. Mais comme Dieu lui-même n'a aucune incidence sur aucune chose, n'étant cause de rien, il ne peut faire varier le temps dans ces proportions.

Parce que je ne veux pas manquer notre rendez-vous. J'ose espérer que vous aussi. Cette date est donc réellement gravée dans mon cœur et je me reprends à imaginer la rencontre. Nous nous connaissons un peu mieux tous les deux. Toutes les possibilités qui pourraient advenir, je les ai listées, vécues dans ma tête. Certaines ont ma préférence. Elles ont fait vibrer mon corps. J'ai pu, de mes mains, dessiner vos courbes. Mais je ne sais rien, je ne suis sûre de rien, pas même si vous serez là. C'est vous qui déciderez du comment, des modalités. Mais elles ne pourront être neutres, ce serait insupportable, surtout, ce serait impossible.

Mon imagination ne peut pas se tromper à ce point. Trop de rêves, trop d'images pendant trop de temps, trop longtemps tus. Rien ne peut sortir, rien ne doit sortir. Il n'y a que le silence, car rien ne doit changer. Pourtant, tout est différent, pas seulement parce que le temps passe, mais parce que ce temps a forgé une histoire silencieuse, hors normes, qui n'existe pas, sauf pour nous. Et cependant, je sais que vous serez là, comme je sais que j'y serai aussi. Et que, au milieu de toute cette réflexion, c'est l'instinct, le besoin, qui dictera nos ébats. »

Après ce rendez-vous, je lui est envoyé ça :

« Comment ne pas revenir sur ce qui restera un de nos plus grands souvenirs. Il nous a coûté en morale et en éthique par la dissimulation et le mensonge qu'il imposait. J'avais évoqué une visite nécessaire à mon compagnon et vous avez annoncé à votre employeur une absence imprévue.

Je sais maintenant que notre attente de ce moment était la même. Autant de fébrilité de votre part que de la mienne. Le trajet vers ce restaurant, je ne l'ai pas vu, je ne l'ai pas vécu. J'étais déjà avec vous. Rond-point, clignotants, changement de vitesse, tout était machinal. Mon cerveau était partagé. Une partie fonctionnait pour vous rejoindre, l'autre partie vous voyait, vous sentait. Je me gare, enfin arrivée. Courir, marcher ? Faire de grands pas, ne pas perdre une seconde. Scruter les tables, vous chercher, vous voir. Le cœur qui explose. Je ralentis. La tension de la possibilité de votre absence s'efface d'un coup, mais celle d'être à vos côtés grimpe en flèche. Une expression du bonheur ?

Puis, nous nous sommes découverts, pris la main, pris les mains, pris nos regards. Nous nous écoutions, nous nous entendions. Un halo nous entourait, seulement traversé par le serveur et ses plateaux. Aucun bruit ne nous parvenait, seul le son de nos voix et la force, l'énergie de nos sentiments. Nous sentions qu'il n'était pas possible ce jour d'en rester là. La fin du repas et l'addition sonnaient comme une invitation à se retrouver encore plus près l'un de l'autre. Il fallait parfaire l'union de ce rendez-vous.

Nos voitures prirent un chemin de traverse. La clairière

semblait nous attendre. Debout l'un en face de l'autre, nos corps se touchaient enfin. Un frisson nous parcourut de haut en bas quand nos bras passant dans notre dos augmentèrent légèrement la pression. Nos souffles se faisaient plus forts. Je baissais légèrement ma tête pour embrasser ton cou pendant que tes lèvres se posaient sur ma gorge. Tu as senti mon émotion, ton bassin s'incurva vers le mien. Un léger mouvement de va-et-vient finit de nous exciter. Il ne restait plus qu'une solution, nous unir dans un élan d'amour.

Nous venions de sceller nos destins. »

Après cet épisode, je lui ai écrit ça :

« Mon Amour. Que le temps semble long sans toi. Je ne puis faire autrement. Tu es avec moi ! Je me remémore le chemin, il est empli de ta présence. Une aura singulière émane de notre lieu de rencontre. Je sais que tu es là à m'attendre, avec cette fébrilité qui prouve une fois de plus que toi aussi tu m'aimes comme je t'aime.

Tu me manques terriblement. Tu es comme une drogue à l'addiction particulièrement forte. Je ne veux pas me sevrer car celle-ci me pousse à vivre encore et encore. Aller plus loin. Allons plus loin. Détachons-nous de notre présent, de notre quotidien, de cette prison qu'on appelle maison. Partons ! Trouvons cet ailleurs qui sera l'écrin de notre amour, où rien ni personne ne pourra l'entamer, l'entacher, le détruire. Nous en avons les moyens, la volonté. Rien ne peut contrer cette puissance.

Nos désirs communs ne font qu'attiser cette flamme. Je sens ton corps contre le mien. Je sens ce plaisir unique, à nous seuls, qui monte. Nos mains qui caressent, qui sculptent, qui modèlent, comme nos lèvres et notre âme se touchent aussi. Nous jouissons de nous.

J'attends fébrilement notre prochaine union. »

Maintenant, nous vivons ensemble. C'est chouette ce que peut provoquer une lettre, non ?

JEANNE

Fabien et Manon FAIVRE

lieu dit Aussat

32170 MARSEILLAN

Sté. de Production FREETLEMAN

rue du 4 Septembre

92130 ISSY LES MOULINEAUX

Madame, Monsieur,

Nous sommes les enfants de Jeanne FAIVRE. Nous nous adressons à vous pour qu'elle participe à votre émission « L'Amour est dans le Champ » animer par Karine le Marché.

Nous connaissons cet émission car notre mère la regarde chaque fois et elle nous dit qu'elle aimerai la faire mais elle n'ose pas. Alors nous on ose pour elle.

Il faut savoir qu'elle est seul depuis que notre père a disparu et que trouvé un mari dans notre pays c'est pas facile.

Elle est très sympa et elle a un élevage de cochon noirs.

Nous espérons que vous la contacteré.

Merci d'avance, avec nos salutation.

Fabien et Manon FAIVRE

L'adjoint du chargé de production avait été désigné pour faire un premier tri dans les demandes. Il tenait dans ses mains cette énième lettre. Mais à la différence des autres, celle-ci, malgré ses fautes, avait un petit plus qu'il ne savait expliquer. Elle rejoignit donc le tas des candidats potentiels. Il appartenait à son chef de décider en dernier ressort.

    – Allô ? Oui, elle-même... Vous pouvez répéter, je n'ai pas bien compris... Vous êtes Jean-Christophe, la personne qui s'occupe de trouver et de sélectionner les candidats pour « l'amour est dans le champ » ? Ho, j'adore votre émission... Si je veux y participer ? Mais je n'ai rien demandé... Ah, ce sont mes enfants qui s'en sont chargés, alors je veux bien... vous voulez me rencontrer chez moi, ici,

pour faire connaissance et faire des repérages ? …
Très bien, à cette date cela me va parfaitement... À
très bientôt, au revoir.

LES ENFANTS, MANON, FABIEN, VENEZ ICI J'AI DEUX MOTS À VOUS DIRE.

Karine le Marché : « Bonjour Jeanne, vous avez brillamment passé toutes les épreuves. Vous voilà sélectionnée. Vous n'imaginez pas le nombre de demandes que nous recevons. De candidats et de candidates. Vous verrez plus tard ceux que nous avons choisis pour vous en fonction de votre profil. Vous connaissez l'émission mais pas ses coulisses. Vous avez compris que nous en sommes à la préparation de l'enregistrement. Bientôt il y aura des caméras partout. Vous avez déjà bien discuté avec JC, il m'a dit le plus grand bien de vous et de votre parcours qui n'a pas été simple je crois. C'est bien ça ? Vous pouvez nous l'exposer en quelques mots ?

Jeanne Faivre : « C'est exact, ma vie jusqu'ici n'a pas été toujours très simple. Après mes études au lycée agricole de Mirande Riscle, plus exactement au CFPPA, je me suis dirigée, pour aider mon père, vers l'élevage de porcs. Survint la disparition accidentelle de ma mère, elle a chuté alors qu'elle s'occupait des bêtes qui l'ont piétinée. Trop blessée, elle n'a pas survécu. Mon père a eu de grandes difficultés à s'en remettre et il a péniblement continué à travailler ; j'ai donc pris la suite. Puis je me suis mariée avec un gars du pays avec lequel nous avons eu deux enfants qui sont responsables de ma présence ici. Il nous a malheureusement quittés. Il a disparu sans laisser de traces. Il est maintenant déclaré décédé. J'avais, à l'époque, décidé de ne plus faire de l'élevage en batterie mais de faire de la qualité, de transformer mon exploitation avec des porcs noirs de Bigorre. Cela non plus n'a pas été facile... Karine, je peux vous faire un compliment avec les initiales de votre nom ? Oui, parce qu'avec vous, KLM, c'est l'envol assuré vers le bonheur ! »

Le juge : « Monsieur le greffier, pouvez-vous nous lire l'acte d'accusation je vous prie.

- Oui, monsieur le président : « la sus-nommée Jeanne BARLE, épouse FAIVRE, née à Mirande, département du Gers, le 23 août 1970, demeurant lieu-dit Aussat sur la commune de Marseillan, exerçant la profession d'exploitante agricole est d'accusée d'avoir provoqué la disparition de son époux, Roger FAIVRE né à Mirande le 18 septembre 1969, ainsi que de monsieur Christian ZULOWSKI né le 25 décembre 1970 à Pantin ; d'avoir dissimulé les corps pour faire croire à une disparition volontaire. »

- Merci Monsieur le greffier. Mesdames, messieurs les jurés, madame et monsieur les avocats, je lis le premier témoignage : « j'étais en vacances dans le Gers chez les parents de mon amie à Rabastens de Bigorre. J'avais amené avec moi mon ULM, mon amie m'avait dit que dans le coin il y avait certainement la possibilité de s'entraîner, qu'on trouverait un champ de ses parents suffisamment grand et plat pour décoller et atterrir. J'ai donc fait plusieurs vols de reconnaissance jusqu'à ce dernier qui m'a fait passer au-dessus de la ferme de cette madame Faivre que je ne connaissais pas. Près du bâtiment il y avait un petit étang dans lequel j'ai vu quelque chose de bizarre, quelque chose qui ne doit pas être dans un étang. J'ai décrit quelques cercles au-dessus en descente pour confirmer mon impression. Il y avait bien deux voitures dans l'eau. Je suis rentré immédiatement et j'en ai parlé à mon beau-père. Nous avons décidé de prévenir la gendarmerie. »

Le juge fait une pause, il regarde la salle d'audience, il poursuit :

- Je lis maintenant le rapport de la gendarmerie : « Au cours de ce mois d'août nous avons été prévenu par un vacancier, qui faisait un séjour chez ses beaux-parents, qu'il avait vu quelque chose de louche dans un étang au lieu-dit les Aussat sur la commune de Marseillan. Nous avions été, par le passé, avertis de la disparition de deux personnes à cet endroit. Nous avons donc dépêché une équipe vers le lieu de la vision. Nous avons demandé à avoir un drone à la brigade d'Auch pour avoir des images vues du ciel. L'analyse des images a confirmé les dires du témoin. Par commission rogatoire, nous avons fait sortir les véhicules de l'étang. Après vérification auprès des services des cartes grises de la préfecture, nous avons pu déterminer qu'ils appartenaient à feu monsieur Faivre ainsi que le suivant à monsieur Zulowski... »

L'avocat de la défense prend la parole :

- Monsieur le président, je me permets d'intervenir, mesdames, messieurs les jurés, vous vous rendez compte que nous avons ici un crime sans corps. Je vous rappelle aussi que le rapport de la police scientifique n'a trouvé aucun indice nulle part dans la maison, dans la porcherie ou dans le laboratoire de transformation. Avons-nous donc affaire à un crime ? Ma cliente n'a pas voulu masquer la vérité, mais seulement cacher sa peine, sa honte de s'être fait abandonner comme une malpropre. Ils ont disparu ? la belle affaire ! On ne les retrouve pas ? C'est qu'il n'y a pas d'"affaire", certainement qu'ils ne veulent pas être retrouvés. On reconnaît bien là leur perfidie, faire accuser une innocente en ne se présentant pas pour faire taire les pires mensonges et les pires rumeurs qui circulent sur ma cliente. Ne soyez pas dupes... »

Maintenant le jury délibère.

C'est vrai que je n'ai pas tout dit. Pendant mes études j'ai appris et parfaitement maîtrisé toutes les techniques de nettoyage de locaux. J'avais aussi intérêt à les appliquer, les services de l'hygiène sont très stricts sur ce point. Chaque fois que je travaille mes cochons, à la fin, mon atelier est aussi rutilant qu'au début. Je savais que la police ne trouverait pas le moindre bout d'ADN de Roger ou de Christian. Je nettoie trop bien. Il faut dire qu'ils étaient pénibles tous les deux. Mon mari qui ne faisait rien à la maison. En plus de mon boulot il fallait que je me frappe la cuisine, la vaisselle, amener les enfants à l'école et tout le reste. Grosse charge mentale comme on dit maintenant. Comment ai-je pu me tromper à ce point ? Et eux, dans cette émission, comment ont-ils pu se tromper à ce point aussi ? Un candidat qui correspond à mon profil, tu parles ! Un bon à rien aussi fainéant que l'autre, insupportable. Mais les deux ont bien caché leur jeu. Alors j'ai craqué. Je les ai découpés et servi à manger aux cochons.

Les pâtés n'ont jamais été aussi bon que ces années-là.

Sommaire

© Jean Étienne 2024
Édition : BoD • Books on Demand GmbH, In de Tarpen 42,
22848 Norderstedt (Allemagne)
Impression : Libri Plureos GmbH, Friedensallee 273, 22763
Hamburg (Allemagne)
ISBN : 978-2-3224-8398-3
Dépôt légal : Septembre 2024